LE MASQUE
Collection de romans d'aventures
créée et dirigée par
ALBERT PIGASSE

W0182134

L'ASSASSIN EST À BORD

Un des cas les plus curieux de « tandem » policier. Patrick Quentin est le pseudonyme de Richard Wilson Webb (1902-1965) — qui avait commencé à écrire en collaboration avec Martha Mott Kelley — et Hugh Cullingham Wheeler, anglais naturalisé américain.

Ils sont les auteurs de deux célèbres séries, les aventures du couple Peter et Iris Duluth, et celles du docteur Westlake et de sa fille Dawn, sous le pseudonyme de Jonathan Stagge.

En 1950, Webb cesse d'écrire, et Wheeler poursuit l'œuvre seul. Sous le pseudonyme de Q. Patrick, ils sont aussi les auteurs de « files », livres-dossiers qui comportent toutes les pièces d'une affaire, rapports de police, cheveux, poudre, etc... et lancés par l'éditeur Hutchinson en 1936.

DU MÊME AUTEUR

DANS LE MASQUE :

MEURTRE À L'UNIVERSITÉ

Sous le pseudonyme de Jonathan Stagge :

CHANSONNETTE FUNÈBRE
MORPHINE À DISCRÉTION
DU SANG SUR LES ÉTOILES

Patrick Quentin

L'ASSASSIN EST À BORD

Traduit de l'américain par M. D. M.

Librairie des Champs-Élysées

Ce roman a paru sous le titre original :

S.S. MURDER

© PATRICK QUENTIN ET LIBRAIRIE DES CHAMPS-ÉLYSÉES, 1938 et 1985.

Tous droits de traduction, reproduction, adaptation, représentation réservés pour tous pays.

AVANT-PROPOS

Les lettres qui vont suivre m'ont été confiées par mon ami David Donnelly, du New York Herald. *Il les a retrouvées dans la chaudière de sa cave fort heureusement éteinte lorsque ces feuillets y furent jetés par sa femme, Mary Llewellyn, la journaliste bien connue. Professionnalisme oblige : elle se refusait à publier des notes écrites au fil de la plume.*

Je n'ai guère fait plus qu'ajouter quelques virgules ainsi que la première lettre qui n'était pas jointe au journal. J'ai en outre changé tous les noms et supprimé certaines digressions. Mais, avant tout, j'ai essayé de conserver à ce rapport la vivacité qui le distingue des romans d'aventures créés de toute pièce : histoire écrite à mesure qu'elle se déroulait, avant que l'auteur ait pu en deviner l'issue et se ressaisir de son émotion; récit spontané, mais œuvre d'un écrivain qui, malgré lui, pense avec sa plume et sait ménager ses effets.

Des virgules et des notes, je prends la responsabilité. Quant au reste, mon nom y est apposé comme une étiquette sur un colis égaré.

Patrick Quentin

S.S. Moderna
Vendredi, 13 novembre

A Mr David Hall Donnelly,
560, Douzième Avenue, New York

Mon chéri,

Vite un petit mot pour vous, que je puisse confier au pilote! Et nous venons tout juste de nous dire au revoir! Aussi n'ai-je guère de nouvelles à vous donner. Je ne sais seulement pas si j'ai pensé, dans l'affolement du départ, à vous dire que je vous aime. D'ailleurs, est-ce là une nouvelle, Davy? Et pourtant les journaux en parleront en première page dans trois mois, trois semaines, et trois jours exactement. Vous voyez, j'ai commencé un compte à rebours, dans l'attente du moment où vous me passerez la bague au doigt et m'appellerez enfin Mrs David Donnelly.

Que je vous dise donc maintenant ce que j'ai résolu de faire pendant ce voyage. Le Dr Klein m'a recommandé le repos complet, et j'ai l'intention d'en profiter pour rédiger à votre intention mon journal de bord. Vous connaîtrez ainsi par le menu les événements de ma vie; ils vous donneront une idée de ce qui peut se passer dans la tête de la jeune journaliste dont vous espérez faire bientôt votre femme.

« Pas de surmenage », a dit le docteur. Mais

l'ordonnance la plus sévère serait bien incapable de m'empêcher de vous écrire.

Rassurez-vous, Davy, je ne ferai pas de folies pendant ce voyage. Je vais être si sage que vous ne regretterez pas d'être loin de moi! Je resterai étendue à me tourner les pouces : cela me remettra de cette maudite appendicite qui a bien failli vous rendre veuf avant même d'avoir goûté les douceurs discutées de la vie conjugale! Mon opération m'a laissée si amaigrie et légère que je n'ose pas me risquer sur le pont, de peur d'être enlevée par ce terrible vent de novembre et d'aller retrouver requins et baleines.

Ce que je vais vous assommer avec mes « papiers » sur les matches de shuffle-board, les parties de bridge au centime et les potins du bord! Cela ne vaudra pas le journal que je vous écrivais au moment de l'affaire Laubenthal, vous vous souvenez?

Et maintenant, chéri, nous voilà sortis du port, et il s'agit de ne pas rater le pilote avant qu'il ne nous quitte définitivement : lui, le dernier lien qui me rattache à vous, à New York, au reste du monde dont je vais être séparée pour un long mois! Je n'aime pas beaucoup ça, Davy. Cette maladie m'a laissée toute timide et pusillanime, et je crois bien qu'au fond de mon cœur je préférerais encore me trouver à la clinique, dorlotée par mon infirmière. Ou mieux, installée dans votre appartement tout neuf, serrée bien fort dans vos bras pour ne plus jamais vous quitter. Enfin, c'est déjà beau que j'aie pu partir seule, et, à tout prendre, ce n'est pas pour si longtemps...

Alors, au revoir, chéri, et merci encore de vos fleurs, de vos fruits, des livres et de votre lettre délicieuse; et surtout, merci de vous montrer charitable en acceptant d'épouser une pauvre infirme qui ne peut même pas se présenter avec un appendice convenable!

Mon prochain courrier ne pourra partir maintenant que de Georgetown.

Et là-dessus, que les anges vous gardent, comme je disais quand j'étais petite fille.

Votre Mary

P.-S. – Je vous aime!

S.S. *Moderna*
Vendredi, 13 novembre, 21 h 30

Eh bien, David chéri, nous voilà cette fois en haute mer, filant vers Rio de Janeiro dans le plus beau style. Mais il y a un roulis terrible, aussi excuserez-vous mon écriture vacillante.

Le pilote a dû vous porter mon petit mot avec toute ma tendresse. Chacun ici a ouvert ses lettres, télégrammes, paquets et souhaits de bon voyage; nous nous sommes tous regardés avec la méfiance réciproque qu'on se témoigne le premier jour d'une traversée.

Comme d'habitude, beaucoup de gens sont affreusement malades, tout verts et pantelants... Non, mon chéri, pas moi. Je sais bien que je ne suis qu'une faible femme, mais le mal de mer, jamais! J'ai été vaccinée par toutes mes allées et venues dans le port de New York quand j'allais interviewer Peggy Hopkins Joyce... Bref, au dîner, il y avait à peine une trentaine de visages, d'ailleurs décomposés, sur les soixante-sept passagers de première classe que transporte cette coque de noix.

En dépit de son nom prétentieux, le bateau est bien peu moderne, Davy : minuscule et lent (autant que bon marché), ce qui ne me surprend guère; mais il y règne de plus une ambiance qui évoque une station balnéaire de troisième ordre. Quatre semaines là-dessus, Davy, rendez-vous compte!

Je pourrais bien changer mon billet en arrivant à Rio, mais l'aller et retour est avantageux, et la lenteur du trajet m'oblige à respecter la fameuse prescription médicale : « Repos et grand air »! D'ailleurs, je suis sûre que dès demain je serai tout à fait habituée.

Et maintenant, que je vous présente mes joyeux compagnons de route avant qu'ils n'aient perdu l'attrait de la nouveauté. La plupart des femmes sont assorties au style du salon de lecture où j'écris cette lettre. Vous voyez cela d'ici : petites tables frêles et désuètes; tapis gris tourterelle et rideaux roses en peluche. Est-il besoin d'ajouter que je ne vais pas manquer de chaperons?

Chose curieuse, la plupart sont mariées : femmes fatiguées de maris également fatigués, en cure de repos ou en voyage d'affaires. Mais elles ne veulent rien perdre, Davy, de ce voyage où tout est compris; et comme elles sont trop malades pour manger ou boire, elles se rattrapent en fixant des yeux réprobateurs sur mes bas à jour et ma robe d'après-midi en velours bleu.

Et voilà que je me montre déjà mauvaise langue! Assez sur le chapitre femmes. Parlons un peu des hommes maintenant et d'un en particulier. (Non, vous n'avez pas lieu d'être inquiet; il a plus de cinquante ans, et un crâne aussi poli qu'une boule de billard.)

Jusqu'ici telle une vieille demoiselle respectueuse, j'ai toujours échappé – hélas! – aux entreprises irrévérencieuses. Mais cet après-midi, j'ai bien cru que ça y était.

J'ai été harponnée par un homme et, croyez-le, sans la moindre provocation de ma part. Cela a plus contribué à me retaper que tous les toniques du Dr Klein et les fortifiants recommandés par ma tante Caroline.

J'étais montée sur le pont supérieur, à la recherche d'un petit coin tranquille pour ma cure de soleil, quand il me rejoignit et me dit :

– Me permettez-vous de demander qu'on mette un fauteuil pour vous à côté du mien? Je suis un peu invalide, moi aussi, et ce serait très amusant de comparer nos symptômes. On m'a fait une résection de l'estomac et enlevé des adhérences. Et vous?

Bien que sa voix me fût assez agréable, je me contentai de le regarder en dardant vers lui les feux de ma bague de fiançailles, d'une manière que vous auriez approuvée, j'en suis sûre.

– Oh! j'avais vu la bague, dit-il en souriant, autrement je n'aurais pas osé vous aborder. Les jeunes personnes sans mari sont un réel danger pour un vieux veuf comme moi. Et même mon crâne, aussi lisse qu'une pomme, ne suffirait pas à me protéger. Car voyez-vous, je ne réponds plus trop de moi quand je suis en mer : les couchers de soleil, le clair de lune, les longues journées paisibles, les pays étrangers, tout le mirage...

– Le mirage, repris-je, citant à peu près quelque mauvais roman, traduit un état d'esprit bien plus qu'un phénomène de la nature.

Ma remarque sembla lui plaire infiniment, car aussitôt il appela le steward :

– Steward, apportez-moi un fauteuil, s'il vous plaît, et mettez-y le nom de miss... miss comment?

– Llewellyn, répondis-je à regret.

– Bien. Moi, je m'appelle Burr.

– Aaron ?

– Non, mais ce qu'il y a de mieux après, ou plutôt avant... Le premier de tous les noms, Adam, Adam Burr, pour vous servir aussi longtemps que vous saurez me retenir... de faire des sottises, se hâta-t-il d'ajouter en ayant l'air de s'excuser.

Je le trouvai très divertissant, et nous avons bavardé jusqu'à ce que l'heure soit venue de s'habiller pour le dîner. Je crois que je m'entendrai bien avec lui. En tout cas, il est reposant.

Au dîner, je l'ai revu à la table du commandant où, grâce au *Fox*, j'ai l'une des places d'honneur. A ma gauche, est assis un nommé Lambert, escorté de sa femme, nettement plus jeune que lui et plutôt « belle plante », d'une nièce et d'un sémillant secrétaire qui a le cheveu noir, le sourire ravageur et une petite moustache à la Charlot passablement incongrue; il semble ne pas pouvoir quitter des yeux la jeune nièce en question. Quant à elle, c'est une beauté assez insignifiante qui répond au nom de Betty.

Il y a aussi – du moins il y avait au déjeuner – une veuve, Mrs Clapp, et une personne qui me paraît être sa dame de compagnie : celle-ci, bien qu'affublée du doux nom de miss Daphné Demarest, a plutôt l'air d'un lanceur de disque. Elle est anglaise et en a bien l'accent. Manifestement en adoration devant elle, Mrs Clapp suit son amazone avec une soumission touchante. Il y a aussi un certain Mr Wolcott, cheveux blancs, petite barbiche, très homme du monde, et un señor Silvera, Espagnol aux cheveux noirs et à l'œil fatal que les femmes doivent mener par le bout du nez et que l'on imagine très bien en train de jouer du banjo dans sa cabine. Le moindre de ses gestes ou la moindre de ses paroles trahissent sa nationalité, et l'anglais qu'il parle est impayable.

La douzième chaise est occupée par un petit Londonien de trente-huit ans environ (le type parfait du « cockney »). Ses yeux clignotent sans cesse et il mange avec tellement d'entrain qu'on se demande s'il a l'habitude de se servir d'une seule fourchette.

Le commandant Fortescue est vraiment la crème des hommes; sympathique, du cran, de la bonne humeur, et Anglais, oh! Anglais jusqu'au bout des ongles. Il a une femme et cinq filles, quelque part à Squealing, ou Ealing... Inutile par conséquent de chavirer devant son magnifique uniforme et ses galons dorés. De toute façon, ce n'est pas moi qui l'intéresse; il n'a d'attention que pour le groupe Lambert. Ce sont les gens les plus considérables du bord et notre galant commandant a l'air d'avoir vite repéré son monde.

Sachez, à ce propos, que les Lambert ont invité toute la table à venir prendre des rafraîchissements, ce soir, à 10 heures, dans le fumoir. Je sais que je ne devrais pas, mais... c'est la première soirée à bord, et on n'est jeune qu'une fois...

En tout cas, vous pouvez être tranquille sur mon sort, darling. Votre Mary est en parfaite sécurité. Pas un mâle en vue qui ait moins de quarante ans, à moins qu'il n'en surgisse quand le mal de mer cessera d'exercer ses ravages. Pas un nom connu sur la liste des passagers; et le seul homme possible est complètement accaparé par les sourires d'une jeune héritière!

Et voici mon Adam à la recherche de son Eve, ou, comme il m'appelle d'une façon assez peu flatteuse, de sa soupape de sûreté. Le soleil qui inonde le pont supérieur doit avoir frappé un peu trop fort la peau de son crâne, car il est actuellement d'un rose charmant. Comme cela va m'amuser de le voir devenir peu à peu écarlate!

En route pour le bar... Je m'arrête, et c'est tout pour le moment.

Dans ma cabine
Samedi, 14 novembre, 2 h 10 du matin

Ai-je dit « c'est tout », Davy? Ai-je vraiment dit cela? Que n'ai-je pas à vous raconter maintenant!

J'ai essayé d'envoyer un câble au journal, mais on l'a aussitôt refusé. Si seulement nous étions convenus ensemble d'un code secret, Davy, nous tiendrions ce soir le plus beau scoop de notre carrière.

Vous aurez certainement appris la nouvelle avant que ce gribouillage affolé ne vous soit parvenu. Je vais tout de même essayer de rassembler mes esprits pour faire des événements un compte rendu aussi exact que dans l'affaire Laubenthal.

Vous vous rappelez ce succès, quand le mystère fut élucidé? Eh bien, sur ce bateau même, Davy, il y a un mystère auprès duquel le cas « L » n'est qu'un jeu d'enfant.

Tante Caroline ne va pas manquer de dire qu'il ne fallait pas s'embarquer un vendredi 13. Et elle n'aura peut-être pas tellement tort.

Puisqu'il m'est impossible de trouver le sommeil, je vais tout reprendre depuis le commencement, c'est-à-dire là où j'en étais restée après le dîner. Il y a seulement quelques heures... Il me semble pourtant que je n'ai pas eu un moment de calme depuis une éternité.

Le début de mon récit n'a sans doute aucun intérêt dans cette affaire... Mais qui sait cependant s'il ne contient pas la clef de l'énigme? Gardons-le donc.

Vous vous rappelez ce que je disais : les Lambert avaient invité toute notre table au fumoir pour 10 heures. J'y suis arrivée avec Adam Burr quelques instants après avoir fini ma lettre. Nous avons trouvé la belle Mrs Lambert trônant aux côtés du vieux Wolcott. Mr Lambert était occupé à une partie de bridge avec Daniels (le drôle de petit homme que j'ai déjà décrit), Mr Burr (qui avait profité du moment où il était « mort » pour venir me chercher) et une quatrième personne que je ne connaissais pas encore. De plus, il y avait un steward derrière le bar. Mais je suis absolument certaine qu'il n'y avait personne d'autre dans la pièce.

Mrs Lambert m'accueillit très aimablement et je m'assis sur le divan avec elle et Wolcott, plus homme du monde que jamais.

Voici d'ailleurs quelles étaient nos places respectives : (*Voir figure au verso.*)

Mon hôtesse se montra des plus affables; elle se mit aussitôt à évoquer mes articles qu'elle lisait, me dit-elle, tous les dimanches à son petit déjeuner. C'est une de ces femmes, qui, aux abords de la quarantaine, paraissent toujours vingt-huit ans et se comportent comme si elles en avaient dix-huit. Elle et le vieux Wolcott, qui s'était mis à l'unisson, m'ont parlé en termes si flatteurs que je commence à croire en la puissance de la presse.

Mrs Lambert me demanda si je voulais prendre quelque chose tout de suite ou attendre que les

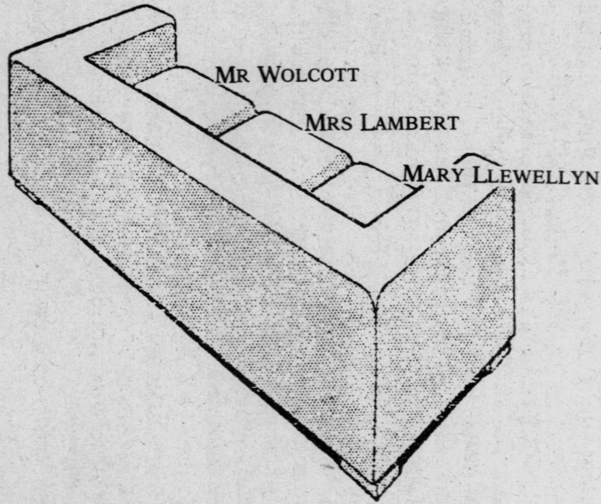
MR WOLCOTT
MRS LAMBERT
MARY LLEWELLYN

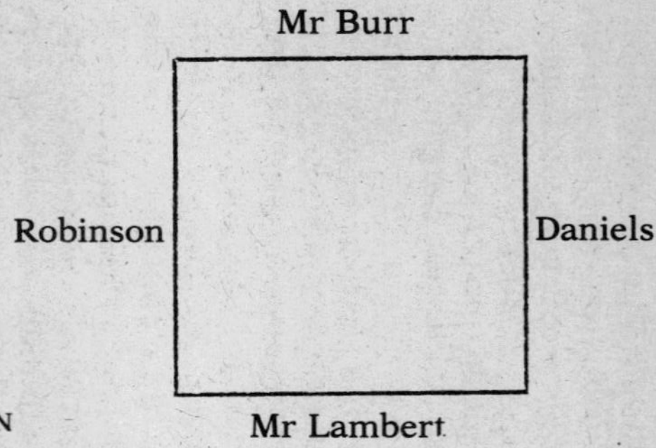
Mr Burr
Robinson
Daniels
Mr Lambert

bridgeurs se soient joints à nous. Comme ils allaient finir une manche, je déclarai que j'aimais autant patienter. De temps à autre, je m'arrangeais pour échapper à leurs dithyrambes et aller regarder les joueurs. Bien que le tarif fût fort modeste, ils semblaient tous profondément absorbés par la partie.

Ce fut donc tout à fait par hasard que je me trouvai présentée au quatrième joueur, un certain Robinson, je crois. Si mes souvenirs sont exacts, c'était un binoclard assez insignifiant, entre trente et cinquante ans, rasé de près, aux cheveux épais et au teint bronzé. Il portait une élégante veste de cuir, souvenir de vacances en Floride, nous expliqua-t-il d'une voix très pointue. Je ne me rappelle pas, sincèrement, lui avoir entendu prononcer d'autres paroles.

Je ne tardai pas à m'apercevoir que tout n'allait pas pour le mieux dans cette partie de bridge ou, du moins, que Mr Daniels était mécontent du jeu de son partenaire. Ils avaient gagné une manche plus par veine, apparemment, que par habileté, mais maintenant les choses commençaient à se gâter.

– Eh bien, s'écria Daniels, dans un jargon londonien que je n'essaierai pas de reproduire, puisqu'il m'est impossible d'obtenir de Mr Robinson une attaque correcte, je propose un rafraîchissement, si vous n'y voyez pas d'objection. (Ceci à l'adresse de Mr Lambert.) Je connais une excellente recette de *gin-rickey* : puis-je la commander pour tout le monde?

– Un instant, s'écria Mr Lambert en hôte parfait, cela me revient. Mais je n'hésite pas à adopter tout ce qu'un Anglais peut suggérer en fait de nouvelle mixture.

Il sourit et appela le steward. Mrs Lambert et

moi demandâmes un verre de cherry. Mr Burr et Mr Robinson chacun un *high ball*, tandis que Mr Daniels énumérait les ingrédients nécessaires pour son *rickey*. Finalement, il en commanda un pour Mr Lambert et un autre pour lui.

Puis ces messieurs revinrent à leur bridge, chacun gardant le même partenaire; et bien que j'aime regarder jouer, j'allai, par un effort de courtoisie, rejoindre Mrs Lambert sur le sofa.

J'émis quelques banalités sur sa ravissante nièce et lui demandai pourquoi elle n'était pas des nôtres.

– Oh! Betty est sur le pont, dit-elle avec un sourire entendu. Il faut bien que jeunesse s'amuse, n'est-ce pas?

Je demandai malicieusement avec qui s'amusait « la jeunesse ».

– Eh bien, mais... Jimmie Earnshaw, naturellement. C'est un si charmant garçon!

Là-dessus elle baissa la voix, comme si elle me livrait un grave secret.

– Ils se sont beaucoup vus ces derniers temps, et... enfin, nous espérons que cette croisière pourra se terminer autrement que comme un simple voyage d'affaires!

Ses yeux s'étaient mis à pétiller à l'idée d'un mariage possible dont elle serait un peu la cause.

– Cela ne me surprend pas, remarquai-je. Elle est très jolie; je crois qu'elle trouverait le moyen de l'être encore sur un fauteuil de dentiste!

– Oh! mais elle n'a jamais eu mal aux dents, s'écria mon hôtesse, qui prenait tout à la lettre.

Et elle se mit à m'expliquer que les parents de Betty étaient assez riches pour assurer les soins dentaires les plus coûteux, s'il en était besoin.

Vous pensez bien que je n'ai pas pu supporter

longtemps ce genre de conversation, et j'ai fini par revenir vers la table de bridge, laissant à mon hôtesse un auditeur plus attentif en la personne du respectable Wolcott.

D'autre part, vous savez que j'ai l'habitude de noter les jeux qui me paraissent intéressants : cela peut me servir quand j'ai à tenir la rubrique du bridge. J'ai donc relevé les deux donnes les plus remarquables sur le menu du dîner (1).

Je ne sais pas comment j'ai réussi à ne pas perdre ce papier. Quoi qu'il en soit, il pourra avoir son utilité, si l'on pense à ce qui est arrivé par la suite. Ces coups avaient l'air si passionnants que Mr Wolcott lui-même a abandonné Mrs Lambert pour venir voir comment ils se jouaient.

A la première donne, n'importe quel joueur, fût-il aussi mauvais que vous, chéri, aurait pu voir d'un seul coup d'œil que Daniels et Robinson devaient gagner sans peine. Les annonces étaient parfaitement régulières, et le sort de Lambert et de Burr paraissait réglé.

Que se passa-t-il alors dans la tête de Robinson?

Il joua l'unique carte de sa main qui permit à Mr Lambert de faire son contrat, c'est-à-dire le *valet de trèfle*. Mr Lambert le prit avec l'as du mort, fit tomber les atouts puis joua les trèfles et s'aperçut alors (à sa grande surprise, comme vous le pensez) que, la reine étant tombée sur son roi, tous les trèfles de sa main étaient bons. C'est ainsi qu'il fit sa demande – contrée. Mr Daniels ne put se retenir de lâcher sur le jeu de son partenaire quelques remarques acerbes.

Et la seconde donne montra, mieux encore, com-

(1) Ceux que le bridge-contrat intéresse trouveront ces deux jeux dans l'Appendice.

ment une seule carte maladroite peut gâcher complètement un jeu.

Une fois de plus, il était clair que si Robinson avait attaqué correctement, c'est-à-dire en jouant carreau, Lambert devait « chuter » d'une levée. Mais Robinson eut la folie de jouer le valet de pique – décidément il a la manie des valets! Lambert, après avoir perdu un cœur, put se défausser de ses carreaux sur les trèfles du mort et remplit sans difficulté son contrat.

Quand Daniels lui demanda ensuite pourquoi il n'avait pas joué carreau, Robinson répondit bêtement qu'il n'aimait pas attaquer avec ses rois.

Pendant qu'on jouait un de ces coups, je me rappelle nettement que le steward vint passer les boissons. A peine Mrs Lambert eût-elle goûté à son cherry qu'elle rappela le steward en se plaignant (elle est un peu grincheuse) qu'il n'était pas aussi bon que celui d'avant le dîner. Mr Lambert se tourna vers elle et dit sur un ton enjoué :

– C'est sans doute exactement le même, ma chère, mais le cherry est toujours meilleur avant le repas. Celui-ci a l'air parfait, autant que j'en puisse juger sans mes lunettes, que je ne retrouve pas. J'ai déjà du mal à distinguer mes cartes. Au fait, ne les auriez-vous pas vues? Je parle de mes lunettes. Je les ai cherchées dans toute ma cabine avant de venir.

Mrs Lambert reprit avec quelque aigreur :

– Tu les perds sans arrêt, Alfred! Et tu passes ton temps à me dire ce que je dois boire et ne pas boire. Ce devrait être un privilège féminin que de pouvoir changer d'idée... et de boisson! En tout cas, maintenant, je préfère du porto.

Puis elle se mit à énumérer à voix basse, mais sans aucune méchanceté, les petites infirmités de son mari : sa myopie, sa faiblesse cardiaque, ses crises de rhumatisme. Quand celui-ci revint à la conversation, ce fut pour ajouter en souriant :

– Eh oui, miss Llewellyn; le pauvre vieux tombe en décrépitude!

Si je vous rapporte toutes ces remarques anodines, Davy, c'est qu'elles auront peut-être une signification terrible. Et j'ai peur que nous n'ayons besoin des moindres détails pour résoudre cette énigme.

Peu après, Burr et Mr Lambert gagnèrent la manche. Robinson et Daniels, malgré leurs beaux jeux du début, finirent par perdre une partie de trois ou quatre dollars. Mr Lambert empocha son gain avec l'air satisfait du monsieur à qui survient une bonne aubaine; et il proposa aussitôt une autre partie. Mr Daniels et Mr Robinson, toujours mécontents l'un de l'autre, finirent leurs verres et s'excusèrent en prétextant qu'il était temps d'aller se coucher.

– Je suis sûr que Mr Wolcott serait enchanté de prendre ma place, remarqua le petit Londonien en se dirigeant vers la porte.

– Non, non, dit celui-ci, j'ai peur d'être trop rouillé au bridge. Je laisse cela aux jeunes. (Il s'inclina vers moi avec une courtoisie bien superflue.) Ce qui m'intéresse, c'est la psychologie du jeu, la psychologie seulement.

Daniels sortit en grommelant entre ses dents. Mr Lambert suggéra alors, un peu tardivement, que ces dames pourraient se joindre à eux pour faire un dernier tour. Mrs Lambert déclina l'invitation, alléguant qu'elle avait trop sommeil, mais offrit d'aller demander à Jimmie Earnshaw et à Betty si l'un d'eux ne consentirait pas à venir faire un quatrième. Elle en profiterait, ajouta-t-elle, pour prier le steward de rapporter les lunettes de son mari, s'il les trouvait dans la cabine. Puis elle dit bonsoir à la ronde.

Quelques instants après, les deux jeunes gens, qui étaient sur le pont, revenaient au fumoir, blêmes et transis – l'amour, je suppose!

Betty portait un châle orange ravissant : il lui aurait été à merveille, n'était la pâleur étrange de son visage qu'il contribuait à souligner.

Tandis qu'Earnshaw restait près du divan à échanger quelques mots avec moi, Betty traversa la pièce pour dire bonsoir à son oncle.

– Non, mon oncle, entendis-je, j'ai vraiment trop sommeil pour jouer au bridge. Je vais faire un tour sur le pont avec Jimmie et je retournerai dans ma cabine.

– Eh bien, veux-tu tirer le rideau de la fenêtre avant de t'en aller? dit Mr Lambert, je suis en train d'attraper un torticolis. Et demande au steward un gin et ginger ale séparés, veux-tu, Betty? *Ce cocktail de Mr Daniels était un véritable poison.* Il me faut quelque chose pour faire passer ce goût-là.

Je remarquai machinalement qu'il n'en avait bu qu'une petite quantité.

Betty s'exécuta; puis Earnshaw s'excusa de me laisser et ils sortirent ensemble.

Nous restions donc, Lambert, Burr et moi-même, dans l'attristante situation de trois joueurs acharnés à la recherche d'un « quatrième ».

Nous parlâmes à bâtons rompus pendant dix minutes environ. Je commençais à perdre tout espoir et songeais à aller me coucher lorsque Daphné Demarest entra, plus dégingandée et masculine que jamais.

– Si j'arrive à conserver mon équilibre, dit-elle en souriant, que ce soit au moins pour parvenir jusqu'à la table de bridge. Jouer et se rafraîchir, il n'est guère possible de faire autre chose par un temps pareil.

Je ne pouvais plus refuser – hélas, pour mon malheur! Toujours est-il que je commençai avec Mr Burr, contre Daphné et Mr Lambert, une partie au centime. Mr Wolcott se tenait derrière ma chaise, gardant un silence solennel.

Malgré les allées et venues de quelques passagers, je suis parfaitement sûre que personne ne s'est arrêté près de nous pendant un temps appréciable.

C'est ainsi que le rideau tomba sur la première scène du drame qui allait se dérouler cette nuit. Puisque je sens qu'il ne peut être question de dormir, j'en arrive tout de suite à la scène II, point culminant de la tragédie.

Je vous rappelle que nos positions étaient les suivantes :

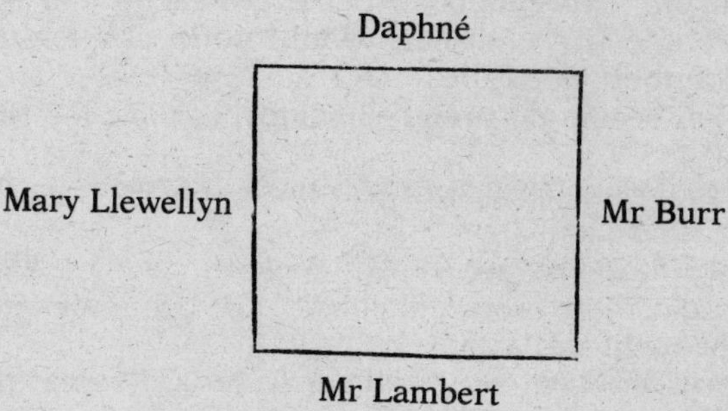

Je me souviens alors que le steward entra, portant le gin et le ginger ale réclamés par Mr Lambert; il les déposa devant lui. Comme il allait se retirer, notre hôte le rappela et commanda deux *high ball*

pour Daphné et Mr Burr. Quant à moi, je déclarai ne rien vouloir prendre à cause de mon opération. Mr Lambert acheva son *rickey* et le steward emporta le verre.

Daphné n'était certes pas une joueuse de premier ordre, mais Mr Lambert et elle ayant tout le jeu, ils gagnèrent les deux premiers coups sans que nous ayons pu opposer la moindre résistance. Au troisième, nos adversaires demandèrent le petit chelem à pique : j'avais le valet cinquième; bien que nulle dans les autres couleurs, je contrai donc; Mr Lambert surcontra aussitôt.

Je ne saurai jamais comment ce coup se serait terminé, mais je suis sûre que seul un miracle aurait pu m'empêcher de faire chuter Mr Lambert au moins d'une levée.

Vous savez, Davy, qu'il y a toujours un moment d'émotion après un surcontre. Les partenaires se regardent avec de petits rires nerveux, puis affichent une expression de fierté qui cache mal leur inquiétude. Tel était sans doute notre cas, lorsque Mr Lambert nous dit :

– J'ai besoin de prendre des forces pour me tirer de là!

Il avala une large gorgée, posa son verre sur la table, et attaqua.

A ce moment précis, Mr Wolcott, ayant jeté un coup d'œil sur mon jeu, sourit d'un air impénétrable et sortit de la pièce.

Après les quatre premières levées, je remarquai que les mains de Mr Lambert s'étaient mises à trembler, en sorte qu'il avait du mal à tenir ses cartes. Et alors... Pourrai-je jamais oublier cela? Tout d'un coup, il se leva, en proférant une sorte de sanglot étranglé. Durant quelques secondes angoissantes, il resta debout, vacillant, la figure contractée en un rictus affreux; puis il s'écroula d'une pièce, lâchant ses cartes, renversant les verres sur la robe de Daphné. Avant que nous ayons eu le temps de reprendre nos esprits, il se tordait à terre dans des convulsions atroces.

Pendant un instant qui me sembla une éternité, nous restâmes figés, les yeux fixés sur lui, fascinés par cette vision d'horreur. J'ai souvent lu des histoires d'empoisonnement; je croyais qu'ils provoquaient une mort douce et calme. Eh bien, un coup de revolver, une plaie sanglante n'offrent pas un spectacle plus hideux.

Avant deux secondes, je crois, chacun de nous s'était ressaisi; pourtant la scène nous avait paru un siècle. Daphné Demarest, qui avait gardé un air détaché, fut la première à retrouver son sang-froid.

– Prenez-lui les pieds, Mr Burr, commanda-t-elle, et mettons-le sur le divan. J'ai été infirmière : je sais ce qu'il faut faire.

Puis elle se pencha et enleva le corps aussi aisément, je vous assure, qu'elle aurait mis un nouveau-né dans son bain.

– Vite, le docteur! s'écria Mr Burr.

Le steward, qui nous regardait avec des yeux effarés, parut alors revenir à la réalité et se rua hors de la pièce.

Ne me demandez jamais, Davy, ce qui se passa ensuite. Non, non. C'est un cauchemar que je veux effacer de ma mémoire. Je me rappelle comme dans un rêve avoir entendu le docteur parler de convulsions tétaniformes, de cyanose, et de *rire sardonique*, si j'ai bien compris; et nettement, très nettement, je perçus le mot *strychnine!*

– Hélas! dit le docteur, je ne peux plus rien faire pour lui; il est déjà trop tard pour lui injecter des barbituriques, comme contrepoison... Quelqu'un ferait mieux d'aller chercher le commandant.

Je regardai le docteur. J'aurais tenté n'importe quoi pour fuir cet horrible fumoir. Il acquiesça de la tête.

– Tâchez de revenir, dit-il avec douceur, si ce n'est pas au-dessus de vos forces.

Sans attendre davantage, je me précipitai dehors, tête baissée; sur le seuil, je manquai de me cogner à Earnshaw qui rentrait en sifflotant un tango joué par l'orchestre pendant toute la soirée. Il changea de visage dès qu'il vit mon expression.

– Là... dans le fumoir... Mr Lambert..., dis-je d'une voix haletante, allez les aider...

Le plantant là, je me lançai à la recherche de quelqu'un qui puisse m'indiquer où était le commandant Fortescue.

Déloger à minuit le commandant d'un bateau constitue une performance aussi difficile que d'obtenir une interview de John D. Rockefeller. Tous les membres de l'équipage que j'approchai me dirent que je pouvais renoncer à le voir; il était à la cabine de pilotage.

Finalement, un officier eut assez de bon sens pour pressentir qu'il se passait quelque chose de grave. Il m'entraîna sur la passerelle du commandant. Dès que je le vis, je m'en trouvai réconfortée.

A ce moment, la tempête faisait rage, mais je ne me souciais guère du vent qui ébouriffait mes cheveux et entortillait ma robe autour de moi. Après l'atmosphère étouffante de la pièce où nous étions restés confinés, le grand air me fit l'effet d'une source d'eau fraîche.

– Commandant, hurlai-je en essayant de dominer le bruit du vent, il faut que vous veniez dans le fumoir des premières! On vient d'assassiner un passager. Mr Lambert. Le docteur y est déjà, et... et...

Et je dus m'évanouir, car je me retrouvai, je ne sais comment, la figure contre la rude étoffe de la vareuse du commandant, un bras robuste passé autour de mon épaule; puis je sentis une agréable chaleur descendre le long de mon gosier.

– Là, là, cela va tout à fait bien maintenant, dit le commandant d'une voix apaisante. Je viens avec vous immédiatement. Mr Billings, je vous abandonne le bateau.

Quand le commandant Fortescue et moi arrivâmes au fumoir, nous trouvâmes les portes fermées. Le steward ouvrit dès qu'il entendit la voix de son chef, et nous entrâmes ensemble dans la pièce. On avait jeté une couverture sur le corps, toujours étendu en travers du divan.

J'entendis Earnshaw dire au docteur :

– Il avait le cœur fragile, docteur, et était sujet à de fréquentes crises. Mrs Lambert avait toujours avec elle de la digitaline.

– Cette crise n'a rien à voir avec le cœur, dit le jeune docteur en fronçant les sourcils.

Le commandant et lui se mirent à parler à voix basse. Pendant ce temps, le steward entreprenait de réparer le désordre de la pièce. Daphné Demarest fumait une cigarette près de la fenêtre, cependant que Mr Burr s'empressait auprès de moi.

Après quelques instants, le commandant se retourna vers nous. Il semblait avoir un peu perdu son calme.

– Vous étiez tous présents lorsque cet... incident s'est produit? demanda-t-il.

– Tous, excepté Mr Earnshaw, répondit Burr. Mr Earnshaw est le secrétaire de Mr Lambert.

Ledit Earnshaw paraissait bouleversé.

– Je n'arrive pas à comprendre, murmura-t-il, il était parfaitement bien, au dîner. A moins que, avec ses malaises habituels...

– Je vous demande pardon, Mr Earnshaw, interrompit Fortescue, le Dr Somers pense que Mr Lambert a été victime d'un empoisonnement par la strychnine. Nous avons fouillé ses poches; à moins que quelqu'un puisse nous prouver que Mr Lambert s'est suicidé, je ne vois qu'une seule conclusion.

Il y eut un moment de profond silence. Le commandant attendait quelque remarque de notre part; tout le monde se taisant, il continua :

– Sans doute, il ne faut pas aller trop vite en besogne; mais il me semble – et je pense que le Dr Somers sera de mon avis – que Mr Lambert a été *assassiné*. Je vous demande, naturellement, de rester aussi discrets que possible à ce sujet. Il ne faut pas affoler les autres passagers. Et pendant qu'on s'occupe du corps de Mr Lambert, il y a une ou deux questions que je voudrais...

A ce moment, Daphné Demarest traversa la pièce en trois enjambées. Il y avait quelque chose de militaire dans son attitude devant Fortescue.

– Commandant, s'écria-t-elle, nous sommes tous navrés de ce qui vous arrive, je vous assure; mais notre situation est tout de même autrement désagréable que la vôtre! Si Mr Lambert a été empoisonné, il faut bien que ce soit par l'un de nous trois, miss Llewellyn, Mr Burr ou moi-même. En dehors du steward, nous étions les seuls présents lorsque Mr Lambert a commandé les rafraîchissements. Son verre était sur la table : je pense que je n'ai pas besoin d'insister. En tout cas, je peux dire ceci : quand, ce matin, je me suis embarquée sur ce bateau avec Mrs Clapp, je n'avais jamais entendu parler de Mr Lambert. Tel était le cas, j'en suis certaine, de miss Llewellyn et de Mr Burr. C'est par hasard que nous nous sommes trouvés à la même table, et que nous avons accepté son invitation à bridger ce soir. Quant à avoir voulu nous débarrasser de ce pauvre homme...

Un geste de la main termina sa phrase, et elle alluma une autre cigarette.

– Miss Demarest a raison, murmura Mr Burr d'une voix rauque, et puisque chacun de nous est plus ou moins impliqué dans cette affaire, je demande qu'on nous fouille tous sur-le-champ, sauf toutefois, miss Llewellyn. Cette supposition est absurde, mais si elle avait eu sur elle quelque chose qui établit sa culpabilité, elle aurait pu s'en débarrasser en allant vous chercher, commandant.

Pendant ce temps, le docteur, ayant terminé ses constatations, revint avec le commissaire du bord, un sympathique garçon du nom de Jennings, et, sans que je m'explique pourquoi, notre vieille connaissance, Mr Daniels.

Nous fûmes alors fouillés et réinterrogés, mais personne n'ajouta rien d'intéressant. Seul, Mr Earnshaw donna spontanément de nouveaux détails : les finances de Mr Lambert étaient, dit-il, tout à fait en ordre. Il avait soixante-deux ans et il était parfaitement heureux dans son ménage – autant que l'on en puisse juger; c'était son second essai matrimonial; il s'était remarié il y a deux ans.

Tout cela ne cadrait guère avec l'hypothèse d'un suicide.

Le secrétaire ajouta qu'il avait connaissance du testament de Mr Lambert : mis à part quelques legs sans importance, il laissait à sa femme toute sa fortune, qui était considérable.

Mr Burr et Mr Daniels donnèrent alors au commandant quelques précisions sur le bridge de la soirée. Celui-ci releva gravement le nom des personnes présentes et prit des notes à propos des consommations. Daniels fit remarquer qu'on changeait souvent son verre de côté au moment de distribuer les cartes, et que, par conséquent, il n'y avait pas lieu d'attacher une importance excessive à la position respective de Mr Lambert et des autres joueurs.

Dès que le steward revint dans la pièce, le Dr Somers l'appela. Nous comprîmes à sa mimique qu'il lui faisait d'importantes recommandations. Je pus saisir quelques bribes de leur conversation.

– Impossible, docteur, on lave toujours les verres dès qu'on les rapporte. Quant aux trois derniers, le pauvre monsieur les a renversés en tombant.

– Alors il ne peut plus être question d'en analyser le contenu.

Le médecin du bord soupira et son front se plissa, marquant son désarroi.

C'est à ce moment, je crois, que, sur la suggestion de Earnshaw, on songea à prévenir Mrs Lambert. Le commandant donna des instructions, puis il demanda au Dr Somers et à Earnshaw de l'accompagner dans la cabine de Mrs Lambert.

C'est alors seulement, croyez-moi si vous voulez, que je compris qu'une occasion unique m'était offerte : un homme d'affaires important venait d'être assassiné sous mes yeux! Quelle aubaine pour mon journal toujours à l'affût d'affaires criminelles! Je me précipitai donc vers la cabine radio, et j'écrivis un message pour *The Fox*. A peine avais-je tendu mon papier à l'opérateur que j'entendis dans mon dos la voix du commandant. J'aurais dû m'en douter. Il a d'ailleurs été charmant. Il m'a expliqué très gentiment quelle était sa situation et comment l'hypothèse du crime ne pouvait être rendue publique sans que l'affaire ait été examinée à fond.

Naturellement, je dus capituler; je ne me sentais pas fière du tout, surtout lorsque j'appris que Mrs Lambert était en proie à une crise de nerfs dans sa cabine, tandis que Earnshaw s'efforçait de calmer Betty, bouleversée, elle aussi.

– Il vaudrait mieux qu'une femme soit auprès d'elles, dit-il brièvement.

Je descendis aussitôt et m'employai de mon mieux à consoler la veuve. Finalement, le Dr Somers lui administra un sédatif et Betty vint coucher dans sa chambre. Il était près de 2 heures quand je regagnai ma cabine.

Et depuis ce moment, je suis là à vous écrire, Davy chéri. Quelle nuit! Une aube toute grise commence à peine à se lever sur l'océan. Peut-être est-il temps de songer à prendre, si possible, un peu de repos. Je me sens toute glacée...

Pendant ce temps-là, le bateau a tranquillement poursuivi sa route, comme s'il ne s'était rien passé. Il y a des choses bien surprenantes.

Bonne nuit, et bonjour, chéri!

Sur le pont
Samedi, 14 novembre, midi et demie

Journée magnifique, étonnamment calme. Les passagers ne se doutent pas encore du drame qui s'est déroulé dans le fumoir. Une mouette, solitaire, suit le sillage du *Moderna*... La côte n'est pas encore très éloignée, et sa proximité est rassurante.

J'ai donc fini, cette nuit, par m'endormir. J'avais à peine fermé les yeux, me sembla-t-il, quand la femme de chambre frappa à ma porte. En m'apportant ma tasse de thé, elle me dit que Mr Jennings, le commissaire du bord, m'envoyait ses respects et me priait de bien vouloir me trouver dans son bureau à 10 h 30.

Je pris mon bain et m'habillai le plus vite possible – mais quelle tête affreuse j'ai ce matin!

En arrivant chez le commissaire, je le trouvai assis à sa table de travail devant un monceau de paperasses. Il me posa d'innombrables questions à propos des événements de la nuit dernière et nota soigneusement mes réponses. Le pauvre garçon semble dépassé par cette histoire qui n'est guère de son ressort.

A la fin, je lui demandai :

– Avez-vous la preuve qu'il s'agisse d'un empoisonnement par la strychnine?

Il parut embarrassé.

– Le Dr Somers pratique l'autopsie ce matin. On ne pourra rien dire avant cet après-midi. Et maintenant, miss Llewellyn, je voudrais vous demander une faveur.

Après une courte pause, et comme je l'encourageais par un signe de tête, il se décida :

– Le... le commandant, balbutia-t-il en rougissant, m'a demandé d'interroger Mrs Lambert le plus vite possible. Vous pensez bien que cette mission ne m'est pas spécialement agréable. D'abord, la pauvre femme est sans doute allongée; et puis, moi, n'est-ce pas... enfin... Vous qui êtes journaliste, peut-être vous tireriez-vous mieux que moi d'une telle démarche.

– Si je comprends bien, vous voudriez que je prépare le terrain.

– Vous accepteriez? dit-il vivement.

Il me faisait pitié; quelques instants plus tard, je

me présentai à la porte de Mrs Lambert. Betty vint m'ouvrir et répondit par un pâle sourire à mon regard interrogateur. Elle semblait épuisée mais se maîtrisait avec une énergie remarquable.

A demi étendue sur sa couchette, Mrs Lambert semblait avoir vieilli de dix ans; de grands cernes se dessinaient sous ses yeux et le rouge dont elle s'était fardée dissimulait mal sa mine affreuse; pauvre stratagème, pour paraître présentable.

Je m'enquis de sa santé, avec les phrases creuses de mise en pareil cas; mais elle se contentait de fixer sur moi ses yeux agrandis de terreur.

Tout à coup, elle eut un sursaut, comme pour s'efforcer de revenir à la réalité.

– Est-ce vrai... est-ce bien vrai qu'on l'a *assassiné?* demanda-t-elle d'une voix mourante. Mon pauvre mari, *assassiné!*

C'était pour moi l'occasion de m'acquitter de ma mission. Personne, expliquai-je, n'était encore sûr de rien; mais elle pouvait être d'un précieux concours en répondant aux quelques questions que Mr Jennings viendrait lui poser.

– Je répondrai à toutes les questions qu'on voudra, bien que je sois sûre de ne rien savoir d'intéressant, dit-elle. Mon mari était heureux, miss Llewellyn. Très heureux même, pour un homme de son âge. Certes, il avait des soucis d'affaires, mais qui donc n'en a pas de nos jours? Notre vie commune était telle que nous pouvions la souhaiter. Naturellement, ma famille a toujours trouvé que j'avais été folle d'épouser quelqu'un qui aurait pu être mon père, mais il était si bon pour moi! un mari parfait...

Elle s'essuya les yeux avec son mouchoir.

– Si je comprends bien, vous ne voyez aucune

raison pour que votre mari ait voulu mettre fin à ses jours? demandai-je.

– Bien sûr que non, nous étions heureux, insista-t-elle tout en larmes. Mais, hélas! trop de gens avaient intérêt à ne plus le trouver sur leur route...

Elle me regarda avec des yeux voilés.

– Que savez-vous de votre ami, Mr Burr? demanda-t-elle brusquement, il paraît bien empressé...

Je répondis que je ne l'avais jamais vu jusqu'à hier.

– Voyez-vous, il prétend faire ce voyage pour se remettre de son opération; mais, à mon sentiment, c'était plutôt pour tenter d'arracher à mon pauvre mari le contrat qu'il devait passer en Amérique du Sud. Mr Burr est vice-président d'une compagnie rivale. Alfred ne m'a rien dit de précis, mais je sais qu'il avait été très contrarié de retrouver Adam Burr sur le bateau.

– En effet, remarquai-je pour l'inciter à continuer, je me rappelle que vous m'avez parlé d'un voyage d'affaires.

Mrs Lambert lança un coup d'œil inquiet vers Betty qui regardait par le hublot, les yeux perdus au loin. La jeune fille comprit aussitôt et nous laissa seules.

– Oui, continua Mrs Lambert en baissant la voix, c'était un voyage d'affaires très important. Mais je n'en sais pas plus. Tout était tenu secret. C'est pourquoi nous désirions tant garder Betty avec nous. Peut-être Jimmie, c'est-à-dire Mr Earnshaw, pourra-t-il vous renseigner. Il y a pourtant une chose que je dois vous dire...

Elle frissonna et, de nouveau, je remarquai dans ses yeux une expression d'effroi.

– *Il y avait quelque chose de bizarre dans le verre*

de cherry qu'on m'a servi hier soir. Vous vous rappelez que je l'ai refusé pour demander du porto à la place? Eh bien, je suis persuadée qu'il était trafiqué. Il avait un goût tout à fait différent de celui que j'ai bu avant le dîner. Et vous l'avez entendu, le steward a prétendu que c'était rigoureusement le même! Est-il étonnant, miss Llewellyn, quand on voit ce qui est arrivé à ce pauvre Alfred, que je sois terrorisée pour moi-même, pour Betty, et pour Mr Earnshaw, le bras droit de mon mari, et qui est tellement dévoué à ses intérêts!

Elle me parut sur le point d'avoir une crise de nerfs; aussi coupai-je court :

– Votre mari avait le cœur fatigué. N'est-il pas possible que...

– Oui, bien sûr, sanglota-t-elle, ce n'est pas à exclure. Voyez-vous, il s'impliquait complètement dans tout ce qu'il faisait, travail ou jeu; à son âge, ce n'était pas raisonnable. Il se peut que ce soit cela.

Elle semblait près d'avoir une nouvelle défaillance; aussi appelai-je Betty. Celle-ci lui fit respirer de l'ammoniaque et s'empressa avec tendresse.

Je les quittai bientôt et regagnai mon fauteuil sur le pont supérieur pour jouir du soleil, tout en essayant de mettre un peu d'ordre dans mes idées.

Avant de continuer mon récit, Davy, un ou deux mots sur Mrs Lambert.

Je n'ai certes pas l'intention de jouer les psychologues infaillibles dans une partie aussi difficile; mais je suis prête à parier *que ce n'est pas elle* qui a assassiné son mari, bien qu'elle hérite de sa fortune. Il faut avoir « de l'estomac » pour commettre un meurtre; et cette force-là, je vous assure, lui fait totalement défaut. Bien sûr, je ne puis la soupçonner un seul instant d'être tombée amoureuse du vieux Mr Lambert; mais de là à le tuer, de sang-froid, jamais! Elle est bien trop pusillanime. Les meurtriers, surtout s'il s'agit de femmes, doivent être autrement trempés. Qu'elle l'ait embobiné, je veux bien; mais elle ne l'a pas supprimé. De cela, je suis certaine. De plus, je ne vois pas comment elle aurait fait : elle n'a pas quitté le divan de toute la soirée et ne s'est jamais approchée à moins de trois mètres de la table de bridge, pas même pour dire bonsoir. Elle n'est pas intelligente et je n'ai pour elle aucune sympathie, mais je vais faire tout ce que je pourrai pour lui venir en aide car je la sens désemparée, et il y a des cas où les femmes ont le devoir de se secourir. Mais, en voilà assez sur ce sujet.

Reprenons maintenant les événements là où nous les avions laissés.

J'étais depuis quelques minutes seulement installée sur le pont, me réconfortant au soleil en dégustant un bouillon, lorsque Adam Burr me rejoignit. De toute évidence, il avait consacré sa matinée à poser des questions. Ainsi a-t-il découvert que la première femme de Mr Lambert est morte en laissant un fils, avec lequel il est brouillé depuis plusieurs années.

Les autorités du bord se sont, semble-t-il, beaucoup activées ce matin. Le fumoir a été fouillé jusque dans les moindres recoins, mais sans résultat. Le steward (qui est dans la compagnie depuis quatorze ans, sans qu'on ait eu à lui faire l'ombre d'un reproche) jure qu'il a préparé la boisson de Mr Lambert exactement comme il fallait; personne, dit-il, ne s'est approché de lui, ni pendant cette préparation, ni pendant qu'il portait les verres sur le plateau. Le cherry de Mrs Lambert était strictement semblable au premier; de plus, pour chaque nouveau verre, il a ouvert une bouteille de soda : il est formel sur ce point.

Earnshaw a passé en revue les passagers, officiers et membres de l'équipage pour tâcher d'y reconnaître quelque ennemi personnel de Mr Lambert : il a déclaré que tous lui étaient inconnus, à l'exception d'un seul.

– Et cette exception, c'est vous, je suppose? demandai-je vivement.

– Subtile jeune personne, comment avez-vous pu deviner? En effet, il est exact que je connaissais vaguement Mr Lambert, comme relation d'affaires, bien sûr.

Sur quoi Mr Burr, ayant extirpé de sa poche un vaste mouchoir, en épongea son crâne poli.

– Certes, j'ai été très étonné de retrouver Mr Lambert sur ce bateau. Sa présence ne pouvait signifier qu'une chose : il préparait un nouveau contrat. Pourtant, il m'avait déclaré que jamais plus il ne traiterait avec ces « satanés Brésiliens », comme il les appelait. Sa firme s'est durement ressentie de l'effondrement du *miltreis*.

Il expliqua que Mr Lambert et lui étaient en rapport avec différentes sociétés et qu'il était question d'un gros coup à Rio de Janeiro. Il admit en toute franchise qu'il y avait entre eux rivalité au point de vue commercial, mais sans aucune animosité, du moins de sa part.

– Mr Lambert, conclut-il, était dur comme un roc quand il s'agissait d'affaires, mais son attitude restait toujours celle d'un parfait gentleman.

– Pensez-vous que l'état de ses finances ait pu l'inciter à se suicider? demandai-je.

Mr Burr toussota.

– Non, non. Alfred n'était peut-être pas milliardaire comme on le prétend. Cependant, je sais qu'il était capable de signer sans sourciller un chèque de cinq zéros. En outre, je vous l'ai dit, Lambert se comportait toujours en parfait gentleman. Et jamais un gentleman n'aurait songé à s'empoisonner en pleine partie de bridge, à renverser les verres sur les robes des dames, et à se faire remarquer d'une manière aussi fâcheuse. Et puis s'il avait vraiment tenu à se suicider, il aurait au moins attendu la fin de la manche.

Sur cette plaisanterie, nous nous mîmes à retourner dans tous les sens les hypothèses concernant les événements de la veille; mais Mr Burr ne put faire aucune suggestion nouvelle, susceptible d'éclairer les circonstances de cette mort mystérieuse.

Alors, brusquement, nous réalisâmes que nous étions étrangers l'un à l'autre, tous les deux suspects, et pourtant en train de converser à cœur ouvert, avec une étonnante simplicité. J'espère que tout cela me semblera drôle un jour, mais en ce moment où j'écris, je sens un frisson glacé me courir le long du dos. Supposez, Davy, qu'on découvre quelque chose dans mes affaires! Moi, je sais bien que je ne suis pas coupable, mais les autres... Et il est probable que Mr Burr pense de mon innocence ce que je pense de la sienne : *est-elle absolument certaine?*

Quoi qu'il en soit, je sentis peser sur moi un regard scrutateur.

– Chassez ces sombres pensées, chère enfant, me dit-il, et attelons-nous ensemble à la tâche. Je n'ai encore jamais collaboré avec la presse. Ai-je passé l'âge d'y débuter?

Qu'en pensez-vous Davy?

Il avait un air si bon, si paternel, que je me laissai aller à lui raconter ma visite à Mrs Lambert, mon journal, l'affaire Laubenthal...

Oh! sans doute, direz-vous que c'est une folie de ma part. Tant pis.

Et maintenant, voilà le coup de gong qui annonce le déjeuner. Il faut que je me sauve.

Sur le pont
Samedi, 14 novembre, 16 h 15

J'ai fait une légère sieste après le déjeuner, Davy. En m'éveillant, j'ai surpris Adam enveloppant tendrement mes jambes dans une couverture. Et maintenant, mon ange gardien est allé me chercher une bonne tasse de thé bien fort. Avant qu'il ne revienne, j'ai le temps de vous mettre au courant des nouvelles fraîches qu'il vient de m'apporter.

C'est affreux d'écrire des choses aussi sombres, quand le temps est magnifique, mais il faut bien m'y résigner avant que tous ces termes médicaux ne me soient sortis de la tête.

Donc, le Dr Somers a terminé son autopsie, et sans être médecin légiste, il trouve ses constatations suffisantes pour expliquer la mort de Mr Lambert. L'examen du contenu gastrique a confirmé son diagnostic d'empoisonnement par la strychnine; la dose absorbée était suffisante pour causer la mort, même d'un homme jeune et bien portant; à plus forte raison, d'un vieillard atteint d'une insuffisance mitrale. Il est hors de doute que son cœur était faible; mais le médecin affirme qu'il aurait pu vivre vingt ans de plus en prenant les précautions nécessaires. Et c'est bien la strychnine qui l'a tué.

Notre jeune docteur admet franchement son incompétence en toxicologie, mais il a fait de son mieux avec le matériel rudimentaire dont on dispose sur un bateau. Il a dit à Mr Burr – mais, au fait, pourquoi l'a-t-il choisi pour lui faire ses confidences? Voilà qui me dépasse! – bref, il lui a avoué qu'il était incapable de préciser quand et comment le poison avait été administré, ni combien de temps il avait mis pour agir. On va pratiquer des prélèvements d'organes (pouah!) pour faire une analyse plus précise quand nous serons arrivés à Georgetown.

Cet après-midi, on embaume le corps et on va le transporter dans une cabine inoccupée. Cette seule pensée me rend mal à l'aise. Supposez que cette cabine se trouve près de la mienne et qu'un jour, je me trompe de porte pour me trouver face à face avec...

Mais il s'agit de ne rien laisser filtrer du drame, car les passagers ignorent tout. On a dit qu'un vieillard malade était mort pendant la première nuit de la traversée et personne ne soupçonne le crime; du moins, on l'espère.

Voilà d'aimables pensées pour accompagner mon thé! Dans quelques instants, Adam Burr et moi allons nous éclipser dans un coin tranquille, (je vous ai bien dit, n'est-ce pas, chéri, qu'il a le crâne lisse comme une pomme et le ventre rebondi?) et nous repasserons ensemble les événements de la nuit dernière. Bien entendu, je vais lui lire ce journal, à l'exception de certains petits passages intimes qui ne concernent qu'une seule personne... Quant à moi, je n'ai, hélas! aucune autre indication à fournir. Dans l'affaire Laubenthal, j'avais au moins pu donner un détail capital. Ici, rien – rien que ce rapport, mais qui établit aussi exactement que possible tout ce que j'ai pu observer.

Dans ma cabine
Samedi, 14 novembre, 18 h 30

Eh bien, chéri, il est possible que j'aie apporté, moi aussi, ma petite contribution à cette enquête. Pourtant j'en doute encore. En tout cas, je n'ai qu'à me dépêcher si je veux vous raconter cela maintenant, car il est tard et je ne suis pas encore habillée pour le dîner. Je tiens à descendre à la salle à manger, ce soir; j'ai pour cela une bonne raison très particulière.

J'ai longuement bavardé avec Adam cet après-midi. Tout d'abord, je lui ai lu mon journal de A à Z (en omettant, bien entendu, les petits termes d'affection et toutes les tendresses que je vous destine). Pendant ce temps, il griffonnait quelques notes sur un bout de papier. Quand j'eus fini, il dit :

– Voudriez-vous avoir la bonté de me relire l'endroit où vous parlez *pour la première fois* des rafraîchissements qu'on apporte dans le fumoir?

Je repris ce passage et continuai jusqu'à ce que, à un moment, il m'arrêtât. Nos regards alors se croisèrent; ensemble nous murmurâmes :

– Et si?...

La même pensée venait de nous traverser l'esprit. Avant d'aller plus loin, Adam se précipita pour demander au docteur s'il était possible d'admettre que la strychnine ait été administrée à la première tournée de boissons.

Quelques minutes plus tard, il revenait avec un épais volume intitulé *Pharmacologie et thérapeutique*, de Cushny.

– Le Dr Somers n'était pas là, m'expliqua-t-il; alors je me suis emparé de ce livre, que j'ai trouvé dans sa cabine. Heureusement, j'ai fait un court passage à la fac de médecine. Aussi piteux qu'il ait pu être, ce brave Cushny ne sera pas tout à fait du chinois pour moi.

Il ouvrit le manuel au chapitre strychnine, qui, à en juger par les nombreuses annotations remplissant la marge, avait dû être longuement consulté par le Dr Somers.

Mr Burr se mit alors à lire un texte très rébarbatif sur la composition de la strychnine, son action sur le corps humain, la dose toxique, et les symptômes horribles qui suivent son absorption. Je ne comprenais pas grand-chose à tout ce jargon médical... Soudain une phrase retint mon attention :

Les symptômes débutent par une sensation de raideur dans les muscles du cou et de la face...

– Une minute! m'écriai-je, tout excitée. Mr Burr, vous rappelez-vous que Mr Lambert s'est plaint d'un torticolis quand Betty est venue lui dire bonsoir? Il lui a demandé de tirer le rideau de la fenêtre, malgré la chaleur étouffante de la pièce. Et cela, c'était *avant* qu'il ait commandé sa seconde consommation.

Mr Burr ne répondit pas, mais se mit à siffler longuement d'un air admiratif.

– Vous vous souvenez, poursuivis-je en feuilletant les pages de mon journal, que Mr Lambert n'avait encore bu qu'une petite quantité de son *rickey*, à ce moment-là. C'est seulement quand Daphné et moi avons commencé à jouer qu'il le termina d'un trait : cela un quart d'heure environ avant sa crise.

– En effet, acquiesça Mr Burr, et naturellement, un alcaloïde comme la strychnine a tendance à tomber au fond du verre. Eh bien, je crois que nous tenons enfin quelque chose. La strychnine, si je comprends bien, n'agit pas très rapidement, et on peut supposer que le pauvre homme n'en ait ressenti les effets qu'après avoir vidé son verre... c'est-à-dire, juste avant la seconde tournée de rafraîchissements. C'est bien à ce moment qu'il se plaignit de l'amertume du fameux *rickey* de Daniels, n'est-ce pas? Et la strychnine a un goût amer! Voilà qui paraît mauvais pour Daniels!

Nous discutâmes encore de tout cela pendant quelque temps. Puis nous finîmes par décider que Mr Burr en parlerait le plus vite possible aux autorités du bord, mais pour le moment, il ne soufflerait mot auprès des autres passagers de la tournure nouvelle que prenaient les événements. Notre découverte avait pour résultat d'allonger considérablement la liste des suspects. En effet, si le poison avait été mis dans le second verre (le gin et ginger ale), seuls Wolcott, Burr, Daphné, le steward ou moi pouvions être coupables. Mais si le responsable était le *rickey*, il fallait ajouter les noms de Daniels, Robinson, Betty, Earnshaw et Mrs Lambert.

– Notre assassin peut se vanter d'avoir eu de la veine, conclut Mr Burr. Tout le monde, bien entendu, s'est empressé d'incriminer le *deuxième* verre : d'autant plus qu'il était impossible d'analyser le reste de son contenu. Il est même probable qu'il – ou elle – a un excellent alibi pour l'instant où Mr Lambert s'est écroulé.

– Eh bien, dis-je, ce que nous avons de mieux à faire maintenant, c'est de nous renseigner sur les passagers, pour tâcher de découvrir si l'un d'eux a un mobile. Dès ce soir, je commence par questionner le commandant pendant le dîner. Avec toute la discrétion nécessaire, bien sûr. Mais d'abord, vous allez compléter ma version des faits en me racontant ce qui s'est passé avant la première partie de bridge. Il y a peut-être là des détails d'une importance capitale.

Adam s'éclaircit la gorge et attaqua son récit.

Il se trouvait, dit-il, dans le fumoir, quand y arriva la famille Lambert au grand complet. Il était environ 8 heures et demie; Mr Lambert, en se frottant les mains, proposa tout de suite une partie de bridge. Betty prétendit alors ne pas se sentir très en forme; et Earnshaw annonça qu'il préférait faire un tour sur le pont. La jeunesse s'échappa donc. Comme Mrs Lambert ne semblait pas non plus disposée à jouer, elle vint s'asseoir dans un coin avec son mari, près de Mr Burr et de Wolcott, pour bavarder avec eux.

Pendant ce temps, quelques personnes s'étaient installées dans la pièce. Mr Lambert, ayant terminé son cigare (au bout d'une demi-heure environ), et toujours poursuivi par le désir de jouer au bridge, recommença à promener autour de lui des yeux inquisiteurs. Mr Burr déclara qu'il serait charmé de faire une partie. C'est alors que surgit le petit Daniels qui se proposa avec enthousiasme pour faire le quatrième, si Mr Wolcott voulait bien jouer aussi. Mais celui-ci refusa – assez sèchement, semble-t-il. Et Mr Lambert en fut réduit à aller inviter Robinson, lequel venait d'entrer et entamait une réussite à une petite table. Celui-ci ayant accepté, les joueurs tirèrent les cartes pour se placer; le tarif fut fixé à un sou le point et le jeu commença. Les choses en étaient là quand j'arrivai moi-même.

Rien d'important ne se passa jusqu'au moment où Mr Burr vint me chercher; et nous connaissons la suite.

Maintenant, mon chéri, si je veux arriver à faire parler le commandant et mes compagnons de voyage, il importe que j'aille revêtir pour le dîner ma tenue la plus séduisante, et que je me rende aussi ensorcelante que possible. J'ai honte de l'avouer, Davy, mais il y a une partie de moi-même qui ne peut s'empêcher de se réjouir de ce drame, si horrible soit-il. Renierez-vous pour cela votre Mary?

Je me dépêche donc de mettre ma robe en dentelle noire, de chez Chanel.

Dans le salon de lecture
Samedi, 20 h 30

Oh! mon chéri, le dîner s'est terminé dans un vrai scandale... Parviendrai-je jamais à chasser tous ces souvenirs de ma tête? Et pourrai-je y repenser un jour sans honte ni regret? Je me sens comme une petite fille qu'on aurait surprise, devant tout le monde, à voler des morceaux de sucre?

Mon excuse, c'est que je venais d'ingurgiter trois cocktails. Adam, m'ayant attendue à la sortie de ma cabine, m'avait entraînée vers le bar... Croyez-moi, Davy, ne vous laissez jamais aller à boire trop vite, si vous voulez garder tous vos esprits et une tenue correcte.

Donc, quand j'arrivai à notre table, je la trouvai plutôt désertée, bien que, de prime abord, une forte tendance à voir double m'ait donné l'impression d'une confuse multitude. Daniels, Silvera, Wolcott, Burr, Daphné Demarest et Mrs Clapp étaient seuls présents parmi les passagers.

Pendant les hors-d'œuvre, tout alla bien. Mais quand arriva l'agneau farci, je commençai à donner le triste spectacle de ce qui guette la plus parfaite des ladies quand, ayant bu un cocktail de trop, elle veut se mettre en frais d'amabilités.

– Commandant, dis-je avec toute l'ingénuité dont

j'étais capable, j'aimerais savoir ce qui peut bien vous inciter à inviter telle ou telle personne à votre table. Les élus sont-ils – ou sont-elles – choisis pour leur beauté, leur fortune ou leur situation sociale?

Notre galant hôte me lança le même sourire qu'eût décoché tante Caroline si on lui avait offert un cocktail. Puis il devint rouge comme une tomate et bredouilla :

– Mais... je convie ceux qui me sont recommandés, bien sûr...

– Naturellement, continuai-je avec un enjouement excessif, je sais que c'est mon cas. L'éditeur du *Fox*, le journal bien connu dans lequel j'écris, vous a, n'est-ce pas, adressé un petit mot pour vous dire de moi le plus de mal possible! Mais, je me demandais... tenez, quelqu'un comme Mr Burr, eh bien, personne n'aurait la légèreté de lui donner une lettre de recommandation!

J'adressai par-dessus mon épaule un sourire narquois à Mr Burr.

– Mr Burr, répondit sèchement le commandant, a voyagé sur ce bateau un grand nombre de fois. Je peux même dire que nous sommes de vieux amis.

– Et Mr Daniels, est-ce un vieil ami, lui aussi?

Le commandant jeta un coup d'œil inquiet vers le petit Londonien qui engloutissait ses « petits pois paysanne », tout en tenant une conversation animée avec Daphné Demarest.

– Mr Daniels... euh... a aussi une lettre de notre agence de Londres, et il...

– Oh! je suis tout à fait en règle, interrompit l'objet de notre conversation, sans prendre le temps d'avaler ce qu'il avait dans la bouche; ne vous souciez pas de moi, miss Llewellyn, mes lettres de créance sont en bonne et due forme, mais, comme mes photographies, elles ne m'avantagent pas.

Ses petits yeux de souris brillaient, amusés. L'air malicieux, il demanda :

– Et Mr Wolcott? Pourquoi ne pas lui demander comment il s'y est pris pour être introduit au milieu d'une compagnie aussi distinguée?

Je vous ai déjà dit, Davy, que Wolcott ne m'est pas très sympathique; et, semble-t-il, à Daniels non plus. Il a quelque chose de mielleux et de faux. Néanmoins, c'est un respectable vieillard à cheveux blancs, et, même après trois cocktails, je ne me serais pas permis de le prendre ainsi à partie pendant un dîner. Toutefois, il se trouva vraiment embarrassé en entendant la remarque de Daniels. Rouge jusqu'aux oreilles, il posa sa fourchette d'un geste qui paraissait définitif.

– Si... si... je suis venu à cette table, c'est que le commandant m'en a prié, bégaya-t-il. D'ailleurs, euh... au cas où ma présence déplairait à quelqu'un, eh bien, il y a d'autres tables, n'est-ce pas...

J'allais essayer de contenir un peu la tempête que j'avais inconsidérément déclenchée. A ce moment précis, une voix claire, distincte, s'éleva :

– C'est scandaleux, intolérable!

Je crus d'abord que la protestation venait de Silvera; mais je le vis tout occupé à déguster son vin comme s'il n'avait rien entendu de la conversation. Quant à Daphné, son visage était figé dans une expression de dédain.

C'était Mrs Clapp qui avait parlé!

Jusqu'alors, je n'avais pas pris garde à elle. J'avais eu vaguement conscience de la présence d'une femme morne, triste, qui était apparue une seule fois à déjeuner, hier, mais ne pouvait rien avoir d'original à manifester. Et maintenant, en voyant ses yeux noirs et pétillants, je compris sur-le-champ qu'elle ne méritait guère de passer inaperçue : la cinquantaine, mais sans une ride sur le visage, et un teint éclatant. Mais c'est encore sa voix qui produisait le plus d'impression : elle parcourut tous les convives, comme un courant électrique.

– C'est intolérable! répéta-t-elle.

Bien qu'elle fût restée assise, tous les regards s'étaient braqués vers elle.

– Que signifient ces interrogatoires sur nos lettres de créance et notre droit à manger où et quand il nous plaît? Nous avons payé notre place, miss Llewellyn, et si vous êtes trop jeune pour savoir qui je suis...

Le commandant s'interposa.

– Il me semble que nous avons pris trop au sérieux les remarques de miss Llewellyn. Je suis sûr que nous nous tenons tous pour très honorés d'avoir à notre table une aussi grande artiste que Mrs Clapp. Pour ceux d'entre nous qui l'ont connue quand elle était encore miss Marcia Manners, c'est un privilège inestimable.

En entendant le nom de Marcia Manners, tous les convives, à l'exception de Daphné, regardèrent Mrs Clapp avec autant de surprise que s'il s'était agi d'une apparition; et c'est bien ce qu'elle était pour moi. Car cette femme, si triste, si effacée, n'est autre que la plus grande comédienne de son temps : Marcia Manners, celle qui m'a fait rire à gorge déployée quand j'avais douze ans, tandis que ma mère avait du mal à se retenir et que ma grand-mère devait se dissimuler derrière son éventail pour se donner une contenance. C'était donc là celle qui avait tant fait parler d'elle, il y a plusieurs années, en abandonnant une brillante carrière théâtrale pour épouser un jeune homme qui eût pu être son fils. Celui-ci était mort subitement il y a quelques mois, je me rappelle bien maintenant. Enfin,

Davy, j'avais devant moi, en chair et en os, la femme pour qui la gloire des deux continents n'avait rien pesé devant l'amour.

Tout le monde se tut. Je remarquai qu'Adam Burr avait tiré un crayon de sa poche et griffonnait frénétiquement sur son menu.

– Oui, miss Llewellyn (et sa voix vibrante martelait chacun de ses mots), puisque ces détails vous intéressent tant, je vous apprendrai également que je suis – ou du moins, que j'étais – la propre belle-sœur de Mr Lambert. Si je ne me trompe, votre voisin est en train de noter pour vous cette nouvelle révélation (c'était bien, en effet, ce qu'il faisait). La première femme de Mr Lambert s'appelait miss Manners. Il y avait des années que je n'avais vu mon beau-frère; et je dois vous dire franchement que je n'avais guère approuvé sa conduite vis-à-vis de ma sœur. Maintenant Daphné, si miss Llewellyn n'a plus d'autres renseignements personnels à me demander, je pense que nous ferons aussi bien de nous retirer.

Sur ces paroles, elle traversa la salle d'un air digne, fidèlement suivie par sa compagne. Le repas s'acheva dans un silence gêné.

A peine étais-je revenue, après le dîner, dans le salon de lecture, pour y reprendre ma correspondance, que Daphné entra. Elle portait sous le bras une énorme boîte de chocolats ornée d'une profusion de nœuds et de faveurs : on eût dit un soldat de la garde allant rendre visite à sa belle.

J'allai immédiatement à elle et m'excusai de la part que j'avais eue dans l'incident du dîner, la priant d'exprimer mes regrets à Mrs Clapp pour mon impardonnable grossièreté.

– Oh! mais, ce n'est rien du tout, dit-elle avec bonne humeur, cette excellente Mrs Clapp ne déteste pas jouer une scène de temps en temps. Pour ma part, j'en subis sans cesse, mais elle oublie vite. Tenez, en ce moment, elle est à se tenir les côtes dans sa cabine. Elle hait la presse, voyez-vous; c'est bien compréhensible de la part de quelqu'un qui a été tellement en vedette; mais au fond, elle a un très bon naturel. Nous sommes dans un drôle de pétrin depuis hier soir; et croyez bien que je ne vous blâme nullement d'essayer d'apprendre tout ce que vous pouvez sur nos charmants compagnons. Voulez-vous un chocolat?

Devant son air si aimable, si cordial, j'acceptai sans plus de façons. Ses chocolats me parurent délicieux.

– Chère amie, ils sont vraiment exquis! m'écriai-je presque malgré moi.

Daphné, qui allait porter un chocolat à sa bouche, s'immobilisa et une expression d'inquiétude passa sur son visage; elle semblait hésiter à me dire quelque chose. Tout à coup, elle se décida :

– Regardez-moi, miss Llewellyn, regardez-moi attentivement; et maintenant, dites-moi si, selon vous, je suis de ces femmes qui peuvent donner le coup de foudre à un homme.

Je la dévisageai, mais restai muette. Qu'aurais-je bien pu lui répondre, en effet?

Elle plongea alors son énorme main dans son corsage et en tira une feuille de papier portant l'en-tête du bateau et tapée à la machine. Elle me la tendit en disant d'un ton brusque :

– Voilà ce que j'ai trouvé avec cette boîte de chocolats, tout à l'heure, dans ma cabine, en revenant de dîner. Jamais chose pareille ne m'était encore arrivée. Lisez cette lettre; je n'ai pas la moindre idée de sa provenance...

La lettre était à peu près libellée comme suit :

Chère miss Demarest,

Je suis au courant du crime d'hier soir, et je comprends votre situation. Pour connaître une femme, je n'ai pas besoin de la voir plus d'une fois. Si vous êtes le moins du monde dans l'embarras, sachez que vous avez un ami à vos ordres, et entièrement dévoué à vos intérêts. Vous n'avez qu'à donner un mot au commissaire du bord, il le remettra à

Votre ami et admirateur,

X...

– Et vous n'avez pas peur de manger ces chocolats? demandai-je, regrettant déjà ma gourmandise.

– Oh non! Personne n'a jamais pensé à s'en prendre à moi, hélas! soupira-t-elle. Mais, tout de même, n'est-ce pas stupéfiant? Allons, il faut que je file chez Mrs Clapp.

Sur ces paroles, elle remit pieusement le billet doux dans son corsage et sortit.

Que la vie est donc extraordinaire!

Samedi, 22 h 30
Dans ma cabine

Vous voyez, Davy, je suis redevenue raisonnable et vous pouvez être content de moi : dans quelques minutes je serai couchée, après avoir pris, s'il le faut, un comprimé d'allonal. Voilà, je l'espère, qui réparera les ravages de ce début de soirée.

Mais, auparavant, il faut que je mette au point mon petit compte rendu des dernières nouvelles, en gardant le meilleur pour la fin, car c'est passionnant. A tel point qu'il m'est impossible d'y penser avec calme; aussi, je ne me retiens pas.

J'ai conseillé à Adam de cesser pour une fois d'échafauder des hypothèses et de se joindre au bataillon des « transats ». Il n'y a pas de concierge qui soit mieux que lui à l'affût des racontars. Cela semble l'amuser prodigieusement. Il a appris, ne me demandez pas comment, que Wolcott, aussitôt après le dîner, était allé trouver dans son bureau le commissaire du bord pour obtenir de lui qu'on fasse escale à Georgetown, et pouvoir ainsi prendre un autre bateau jusqu'à Rio. Il ne paraît guère apprécier l'atmosphère qui règne ici : à l'entendre, il ne pourrait dormir et ne se sentirait pas à l'aise. Je dois préciser que pour un vieillard, il représente pourtant l'image même de la santé. Et je me demande si mes incongruités ne sont pas pour quelque chose dans sa décision. A moins qu'il ne s'agisse plutôt du désarroi qui succède à un acte de folie...

La seconde nouvelle concerne le ténébreux Espagnol au regard sombre qui était lui aussi à la table du commandant.

Je vous ai dit qu'il ne savait pas un traître mot d'anglais, ou du moins d'un anglais reconnaissable. Parfois il risque un bredouillement inarticulé, mais d'ordinaire il évite d'ouvrir la bouche.

Eh bien, notre infatigable Adam, qui parle l'espagnol comme un toréador, s'est risqué ce soir à l'aborder et à engager la conversation avec lui, dans le plus pur idiome des Castilles, m'a-t-il affirmé. Après quelques phrases, Adam remarqua que l'espagnol de Silvera était agrémenté d'un accent portugais très prononcé. Bref, c'était un Brésilien, mais qui veut, personne ne sait pourquoi, se faire passer pour Espagnol.

Adam, ayant entrepris de résoudre cette énigme, remarqua brusquement que le visage de Silvera ne lui était pas inconnu. Il finit par se rappeler qu'il avait vu quelque part sa photographie, depuis qu'il était à bord. Après de brèves recherches, il put la retrouver dans le dernier numéro d'un magazine, *Le Siècle de la Machine* : Silvera n'est autre que Gil Da Silvera, président de la compagnie de Construction Maritime de Rio de Janeiro. Et l'article signalait qu'étant actuellement aux Etats-Unis pour des raisons professionnelles, il ne pensait pas revenir à Rio avant le mois de mars prochain!

Maintenant, Davy, la conclusion est aussi claire que deux et deux font quatre : le gouvernement brésilien construit actuellement une nouvelle jetée dans le port de Rio. Elle coûtera au moins quatre-vingt-dix millions de dollars. La société de Mr Lambert s'intéressait à l'affaire. Burr est sûr qu'il en est de même de Silvera, dont le retour a été mystérieusement avancé de quatre mois. C'est une course, il n'y a pas de doute, à qui sera le plus rapide et fera l'offre la plus avantageuse.

Nous faisions les cent pas sur le pont pendant qu'il me mettait ainsi au courant. Il devient bien difficile de s'isoler, car depuis que la mer est belle, le nombre des passagers paraît avoir doublé. Et tous sont d'une amabilité désespérante. Quand, enfin, nous eûmes trouvé un coin un peu tranquille, Adam s'arrêta et dit :

– Nous avons maintenant les mobiles de la plupart des personnes suspectées, et nous avons soigneusement pesé pour chacune le pour et le contre. Mais il y a quelqu'un dans cette histoire, qui semble mettre longtemps à reparaître : c'est Robinson. Ne croyez-vous pas que nous ferions bien d'avoir avec lui une petite conversation?

– Zut! je l'avais complètement oublié! répondis-je. Je ne suis même pas sûre de le reconnaître, à supposer que je le rencontre. Je me rappelle vaguement sa belle veste de cuir et ses lunettes. Votre idée n'est pas mauvaise, en effet. Il doit être dans le fumoir qu'on a rouvert. Allons voir. Ces aller et retour sur le pont commencent à m'étourdir... Et surtout, j'ai l'impression d'avoir une crampe dans la figure, à force de sourire à tous les gens que nous croisons.

Comme nous regagnions le théâtre du drame en passant par l'escalier extérieur, nous fûmes abordés par Daniels qui, d'un ton brusque, nous proposa une partie de bridge; nous déclinâmes tous deux l'invitation, et j'ajoutai avec un petit rire :

– Pourquoi ne demandez-vous pas à votre ami Mr Robinson? Vous aviez l'air d'admirer fort sa tactique hier soir.

Daniels secoua la tête avec dédain.

– Au fait, poursuivis-je, où est-il donc? On ne le voit plus dans les parages depuis... depuis la mort de Mr Lambert.

– En ce qui me concerne, moins je le rencontre et mieux cela vaut, coupa Daniels. Un homme qui joue aussi mal devrait être emprisonné pour le reste de ses jours! J'espère bien ne plus jamais avoir sa tête en face de moi à une table de bridge.

– Comment cela? Pour ma part, je le trouve très sympathique, insinuai-je hypocritement. Je ne serais pas du tout fâchée de le revoir dans un bridge, pourvu, toutefois, que ce soit comme adversaire et non pas comme partenaire.

J'allais poursuivre mes efforts pour faire parler Daniels quand se produisit un incident qui, en ce moment même, me donne encore froid dans le dos.

L'aimable commissaire, Mr Jennings, surgit dans le fumoir, l'air égaré. Il tenait à la main un morceau de papier. Quand il s'approcha de moi, j'aperçus, sans le faire exprès, mon nom inscrit sur sa feuille, ainsi que celui d'Adam Burr : et tous les deux marqués d'une croix. En fait, un seul nom, sur la liste, n'était pas précédé d'une croix.

– Excusez-moi, dit-il en s'adressant à nous trois à la fois, mais êtes-vous bien sûrs que le quatrième joueur de bridge s'appelait Robinson?

– Il n'est guère possible d'oublier son nom ni son jeu, dit Daniels.

Daniels et Burr se regardèrent, embarrassés. Puis ils jetèrent vers moi un regard interrogateur.

– Oh! dis-je en hésitant, je ne lui ai pas prêté beaucoup d'attention. C'était le premier soir, vous savez, et puis... et puis...

– Et puis, miss Llewellyn est déjà fiancée, dit Adam d'un ton facétieux.

– Il avait le teint basané, continuai-je, non sans avoir lancé à Adam un regard réprobateur, portait un vêtement foncé et des lunettes; il avait les cheveux bruns et épais, et doit avoir à peu près...

– Trente ou quarante ans, continua Daniels.

– A moins que ce ne soit cinquante, compléta Adam.

Jennings consulta de nouveau son papier, l'air de plus en plus perplexe.

– Il y a bien un Mr *Robertson* en troisième classe, mais il a plus de soixante-dix ans. C'est un vieux pasteur méthodiste; il porte une barbe et voyage avec sa femme et sa fille.

Je hochai la tête. Mr Daniels intervint avec véhémence:

– Mais enfin, Jennings, cet homme ne peut pas s'être volatilisé. Il était bien en chair et en os la nuit dernière. Il n'y a qu'une chose à faire, c'est de tâcher de le repérer sur la liste des passagers. Il n'y a pas tant de gens à bord, après tout!

– Eh bien, dit Jennings d'une voix lente (c'est à ce moment qu'un indéfinissable malaise commença à m'envahir), vous serez peut-être surpris d'apprendre que ni parmi les passagers, ni parmi l'équipage, nous n'avons trouvé trace de Mr Robinson. De plus, nous avons recherché si le signalement de cet homme tel que vous venez de le rappeler, s'appliquait à quelqu'un sur le bateau. Eh bien, il ne correspond à personne!

Dans le salon
Dimanche, 15 novembre, midi

Pendant toute la journée d'hier, nous avons eu l'impression que l'été nous fuyait. Et voilà qu'aujourd'hui, nous sommes entrés, toutes voiles dehors, dans des eaux ensoleillées, par une chaleur tropicale.

Je suis triste, Davy, en pensant que vous êtes à New York où sifflent les vents de novembre; les deux pauvres arbres qui sont devant votre fenêtre, doivent être complètement dépouillés de leurs feuilles!

Quant à moi, le soleil m'a remise d'aplomb; je commence à retrouver mes esprits et, espérons-le, mon sens de l'humour. Je me sens donc capable de beaucoup de calme pour raconter les événements de la nuit dernière.

Nous avons de nouveau été tous questionnés à propos de Robinson. On a fouillé le bateau de fond en comble. Daniels et Mr Burr ont eux-mêmes pris soin d'interroger tous les passagers qui auraient pu, ne serait-ce que de loin, répondre à notre signalement. Il faut se rendre à l'évidence : Robinson n'a plus reparu!

D'après Adam, quatre hypothèses sont envisageables :

1° C'est un passager clandestin et il reste à le découvrir;

2° Il est tombé à la mer;

3° Il n'existe pas;

4° C'est un fantôme.

Les suppositions 2 et 4 paraissent assez improbables: vous vous rappelez, en effet, qu'aucun homme du nom de Robinson n'a été inscrit comme passager, ou comme membre de l'équipage. Quant aux fantômes, ils ne doivent pas s'inscrire non plus...

40 minutes plus tard

Je viens d'être interrompue par Jennings. Il est arrivé dans le salon et m'a demandé d'avoir la bonté de descendre chez Mrs Lambert qui me réclamait. Je sautai sur mes pieds et, étourdiment, laissai traîner mon journal sur la table où j'étais en train d'écrire. Pourtant, j'ai eu l'idée de le fermer. Cela, j'en suis sûre.

Mrs Lambert, Betty et Earnshaw étaient, au moment où j'entrai, rassemblés dans leur salon particulier. La pauvre veuve semblait un peu reposée, tandis que le visage de Betty restait pâle et ravagé. Earnshaw, par contre, avait retrouvé son aplomb et sa maîtrise de soi; ce qui, au fond, est fort méritoire de sa part, si l'on songe que, du point de vue matériel, il est la principale victime. En effet, il perd son patron, sa place, sans compter que sa fiancée et lui se trouvent sans doute privés de l'héritage par suite de la mort subite du vieillard.

Prenant la parole au nom de la famille, il m'expliqua que tous trois avaient décidé de quitter le bateau à Georgetown. Là, après avoir accompli les formalités nécessaires, il s'occuperait de l'incinération de Mr Lambert. Et ils espéraient pouvoir regagner les Etats-Unis par le prochain paquebot.

C'est alors que Mrs Lambert intervint :

– Miss Llewellyn, c'est de Betty que je voulais vous entretenir. Nous avions promis des vacances à cette pauvre enfant. Il n'est pas bon pour elle de rester tout le temps enfermée ici et, naturellement, elle redoute un peu de se montrer seule en public, après ce qui vient de se passer. Vous êtes l'unique jeune fille de son âge que nous connaissons sur le bateau. Et je me suis demandé si, par hasard, vous seriez assez bonne pour...

– Oh! tante Mabel, interrompit Betty avec vivacité, il n'y a vraiment aucune raison de déranger miss Llewellyn. Je peux bien me promener avec Jimmie...

– C'est que je vais être assez occupé, avec les papiers de Mr Lambert, jusqu'à notre arrivée à Georgetown, intervint Earnshaw. Je n'aurai pas une minute à moi. Et il est nécessaire que vous preniez un peu l'air, voyons, Betty!

La jeune fille fit une moue qui n'était pas très flatteuse pour moi; mais je protestai de mon côté que je serais charmée de sa compagnie.

– Je viendrai vous chercher à 1 heure et demie, lui dis-je; nous irons déjeuner ensemble. Je n'ai pas une seule amie sur le bateau, je m'ennuierai moins, moi aussi. Et je suis très flattée d'entendre Mrs Lambert dire que j'ai à peu près le même âge que vous!

Je me retirai, et Earnshaw sortit avec moi. Quand nous fûmes arrivés dans la coursive, il me serra la main en disant :

– Vous êtes épatante, miss Llewellyn. La pauvre gosse est complètement bouleversée, et j'ai l'impression que quelque chose la préoccupe; mais elle n'en soufflera mot ni à Mrs Lambert ni à moi. Vous êtes tout à fait la personne qu'il lui faut. C'est vraiment très chic de votre part.

Nous parlâmes encore un moment, de l'étrange disparition de Mr Robinson; et aussi du poison qui pouvait bien avoir été administré dans le premier verre. C'est, me dit-il, ce que Mr Jennings lui avait appris le matin même. Et il a ajouté que cette donnée nouvelle détruisait son interprétation initiale. Je lui touchai alors un mot des remarques précieuses que j'avais retrouvées dans mon journal, ce dont il parut fort intéressé. Il comptait, lui aussi, me dit-il, coucher sur le papier quelques observations personnelles, quand il serait moins occupé. Plus tard, nous pourrions comparer nos notes.

Nous étions face à face, pendant cette conversation. Et je m'avisai, je vous l'avoue, que c'était vraiment un garçon charmant. Avec sa petite moustache et ses cheveux noirs, il avait l'air d'un jeune premier. Et puis, il y a dans son allure quelque chose de franc et de spontané qui me plaît beaucoup.

J'allais le quitter, quand il ajouta :

– Comme je le disais tout à l'heure, miss Llewellyn, je vais être très occupé jusqu'à Georgetown, à mettre un peu d'ordre dans les papiers de Mr Lambert. Il y en a un monceau. Puisque vous voulez bien vous intéresser à cette affaire, je me permettrai de vous demander un conseil sur un point qui me concerne personnellement. Je vais passer la journée à travailler. Mais plus tard, dans la soirée, pourriez-vous m'accorder un moment d'entretien? Je tâcherai de vous retrouver.

Je lui promis d'être à sa disposition dès qu'il aurait un instant de liberté. A ce moment, je me rappelai tout à coup que mon journal était resté dans le salon; j'y revins aussi vite que me le permettaient mes jambes encore bien faibles.

Je vous ai précisé, vous vous souvenez, Davy, que j'avais laissé mon cahier fermé sur la table. Aussi, je n'ai pas besoin de vous dire ma stupeur en le retrouvant *ouvert,* et avec des marques de papier aux pages concernant les deux fameuses parties de bridge!

Il y avait beaucoup de monde dans la pièce; aussi pensai-je d'abord que quelqu'un s'était servi de mon journal comme sous-main.

J'allais donc me remettre à écrire lorsque je remarquai une chose étrange : la première page du bloc gardait les empreintes d'une plume ou d'un crayon qu'on avait fortement appuyé. En approchant la feuille à la lumière, je n'y distinguai que des croix dans tous les sens, et je crus qu'un enfant s'était amusé à gribouiller dessus. Mais en regardant de plus près, je déchiffrai les lettres A et K suivies d'un certain nombre de croix (1).

Aussitôt, médusée, je compris. Quelqu'un s'était appliqué à copier sur mon journal le relevé des jeux de bridge!

Maintenant, je les distinguais nettement : A K××× et puis Q J 10. Le doute n'était plus possible.

Je me tournai vers la personne qui se trouvait le

(1) Voir les explications données avec la partie de bridge, en Appendice.

plus près de la table, une grande femme vêtue d'un ensemble rouge en tricot.

– N'auriez-vous pas remarqué, s'il vous plaît, quelle était la dernière personne qui s'est assise ici? demandai-je poliment. Il me semble... euh... que j'avais laissé mon stylo et je ne le retrouve plus.

Elle leva la tête à regret, paraissant s'arracher avec peine à sa lecture.

– Je crois bien qu'il y avait un homme à cette place il y a une ou deux minutes, dit-elle, mais je ne lui ai pas prêté attention. Il me semble pourtant qu'il n'est pas resté longtemps.

Aucune autre personne à proximité ne paraissait en mesure de me renseigner. Et depuis, je suis restée là à écrire... et à me perdre en suppositions...

... Mais qui donc peut avoir éprouvé le besoin de recopier des futilités pareilles?

Dans le salon
Dimanche 15 novembre, 18 h 30

Je suis montée sur le pont avec Betty après le déjeuner. Nous avons bavardé en nous prélassant. Bien entendu, je me suis abstenue de toute question trop indiscrète; mais j'ai manifesté un très vif intérêt chaque fois que la conversation avait trait aux Lambert, ce qui n'est pas arrivé souvent, car elle paraît d'un naturel plutôt réservé.

Indépendamment du choc que lui a causé la mort de son oncle, je crois que son flirt avec Earnshaw contribue à l'absorber. De temps à autre, elle entrouvre la bouche, semble sur le point de faire quelque confidence; mais tout en reste là; ou bien elle émet seulement une remarque insignifiante à propos du bateau, de la mer, du temps qu'il fait...

Le peu qu'elle m'a dit, pourtant, confirme l'exactitude des paroles de Mrs Lambert. Rien, aux yeux de l'oncle Alfred, n'était trop beau pour tante Mabel. La seconde Mrs Lambert (tout comme la première), avait fait du théâtre avant son mariage. Cela ne l'avait pas empêchée de devenir une excellente épouse et maîtresse de maison. Elle avait sans déplaisir admis l'entrée de Jimmie sous son toit, car celui-ci aidait beaucoup Mr Lambert. J'appris encore que Mrs Lambert avait fait tout son possible pour réconcilier son mari avec un fils qu'il avait eu de sa première femme. Celui-ci se trouve être justement le propre neveu de Mrs Clapp et s'occupait d'élevage dans un ranch, quelque part en Argentine, d'après ce qu'elle avait récemment entendu dire.

A 5 heures, Betty me quitta pour aller prendre le thé avec sa tante, et Adam s'empressa de la remplacer. Il n'avait cessé, tout l'après-midi, de tourner autour de nous comme un cormoran au-dessus d'un banc de harengs.

– Rien de neuf? demanda-t-il.

Je le mis aussitôt au courant, par le menu, des renseignements glanés au cours de mon entretien avec Betty. Puis, non sans honte, je lui racontai comment j'avais laissé ce matin mon journal dans le salon, et demandai si ce n'était pas lui qui l'avait feuilleté.

– Ma foi, non, répondit-il en prenant un morceau de sucre. J'étais à ce moment-là en expédition dans les cales du paquebot, avec Jennings, à la recherche de Robinson. Maintenant je peux jurer que nous avons passé en revue tout le monde à bord, excepté trois vieilles dames définitivement condamnées au mal de mer : personne qui évoque, même de loin, notre peu glorieux « quatrième ». Ceux qui ont le teint bronzé n'ont jamais porté de lunettes, ceux qui ont des cheveux bruns et épais sont ou trop jeunes, ou trop vieux, ou trop gras, ou trop maigres... C'est à y perdre la tête!

– Je voudrais bien ne plus penser à tout ça, dis-je, surtout lorsque l'obscurité commence à tomber. Oh! vite, regardez! Une baleine! m'écriai-je.

Nous courûmes au bastingage : un mince jet d'eau jaillissait à intervalles réguliers. Tous les passagers s'étaient précipités avec force exclamations, surexcités par ce spectacle.

Soudain, une queue énorme surgit entre deux vagues. J'avais devant moi une véritable apparition du Léviathan de Job; voilà un animal que je n'aimerais pas avoir au bout d'un hameçon! En tout cas, il m'a vraiment donné, pour la première fois depuis notre départ, l'impression que nous étions bien en pleine mer!

Quand le calme fut un peu revenu, nous nous remîmes au travail. Pour Mr Burr, qui est un lecteur enragé de romans policiers, une enquête criminelle qui se respecte comporte obligatoirement l'examen de trois éléments essentiels : le motif, les moyens, l'occasion.

– Et maintenant, dit-il, je propose que nous les examinions l'un après l'autre, pour chacun des passagers, et en notant soigneusement ce que nous savons déjà. Le moyen, n'en parlons plus : c'est la strychnine que n'importe qui, je pense, peut aisément se procurer. Par contre, portons toute notre attention sur l'occasion et le motif. Voilà un crayon et du papier. Tâchons donc d'être rigoureux et scientifiques. Et ne vous gênez pas pour commencer par moi.

Je transcris pour vous, Davy, nos notes telles que nous les avons gribouillées.

Adam Burr. – Occasion : assez mince pendant la première partie de bridge puisqu'il était assis en face de Mr Lambert; mais indéniable pendant la seconde partie où il était placé à côté de lui.

Motif : rivalité d'affaires possible?

(Adam insista à ce moment pour que ce soit moi qui tienne le crayon; mais ce qui précède était entièrement de sa main.)

Mary Llewellyn. – Occasion : durant la première partie, elle tourna avec beaucoup de sollicitude autour de la chaise du vieillard; pendant la seconde, elle était assise près de lui.

Motif : aucun. Mais raison de plus pour la soupçonner puisque le criminel, dans les meilleurs romans, est toujours la personne la moins suspecte.

Daniels. – Occasion : incontestable pendant les deux parties. C'est sur sa suggestion que Lambert but le cocktail, dont l'acidité naturelle masquait probablement l'amertume de la strychnine.

Motif : aucun, semble-t-il, du moins jusqu'ici.

Wolcott. – Occasion : pendant qu'il regardait les deux parties. Est-ce bien une coïncidence s'il a quitté la pièce peu de temps avant que Mr Lambert ne s'écroule?

Motif : apparemment aucun, mais tout le monde s'accorde à le trouver antipathique.

Jimmie Earnshaw. – Occasion : encore qu'il soit arrivé seulement après la première partie, M. L. est formelle : il est constamment resté à causer avec elle, près du divan, et il ne s'est jamais approché de la table de jeu. Il est donc peu vraisemblable qu'il ait eu assez d'adresse pour jeter une pilule de strychnine dans le bon verre, à une distance de près de trois mètres.

Motif : aucun en apparence, à moins qu'il ne se soit servi dans la caisse, ou qu'il ait imité la signature du patron. Ce n'est pas du tout son genre. (M.L.) On ne sait jamais avec des lascars comme ces soi-disant hommes de confiance. (A.B.)

Betty Lambert. – Occasion : elle peut avoir laissé tomber quelque chose dans le verre de son oncle en venant lui dire bonsoir. Mais si nous admettons que le torticolis était un symptôme de l'empoisonnement, nous pouvons considérer que Earnshaw et elle sont hors de cause. Il est d'ailleurs possible que le torticolis de Mr Lambert n'ait aucun rapport avec la strychnine, et que celle-ci ait été mise seulement dans le deuxième verre.

Motif : aucun motif apparent.

Mrs Lambert. – Occasion : aucune. M. L. et A. B. sont aussi sûrs l'un que l'autre qu'elle ne s'est pas approchée une seule fois de la table de bridge pendant toute la soirée.

Motif : pas d'autre que ceux qu'on trouve dans les romans à quatre sous des kiosques de gare. Sans oublier qu'elle hérite de quelque chose comme un million de dollars.

Daphné Demarest. – Occasion : pendant le second bridge, malgré sa place, en face de Lambert. (Mais je dois tenir compte de son « allonge » de boxeur – note d'Adam.) Par contre, si l'empoisonnement a eu lieu pendant la première partie, elle est hors de cause.

Motif : possibilité lointaine en raison de ses relations avec Mrs Clapp, laquelle est une parente par alliance de Mr Lambert.

Le steward du fumoir. – (Sachez, en passant, qu'il

se nomme Sam Bumstead.) Occasion : plus évidente que pour personne d'autre.

Motif : absolument aucun.

Tous les autres passagers. – (Excepté Robinson dont nous parlerons plus tard.) Occasion : aucune.

Motif : à voir.

Après avoir récapitulé ces données, nous retournâmes nous asseoir sur nos transats. Nous parlâmes alors longuement du mystérieux Robinson, en tombant d'accord au moins sur un point : il est à ranger parmi les suspects. Autrement, pourquoi aurait-il disparu? Mais à partir de là, nos opinions diffèrent. En effet, Adam est persuadé que cet homme s'appelle réellement Robinson et qu'il se cache quelque part dans le bateau. Quant à moi, j'hésite entre deux autres hypothèses : s'agit-il d'un véritable Robinson qui, depuis, serait passé par-dessus bord? Ou bien est-ce un autre passager qui aurait pris une fausse identité pour la soirée?

Dans cette dernière hypothèse, il est difficile d'admettre que le rôle de Robinson ait été tenu par un membre de notre groupe puisque tous sont passés ou restés dans le fumoir au cours de la soirée. Et si ce mystérieux personnage ne fait pas partie de notre cercle, il est inutile de se perdre plus longtemps en conjectures sur sa véritable identité; ce peut être l'un des deux cents passagers – hommes ou femmes – de ce paquebot. Et je n'en connais qu'une infime minorité.

Oui, Davy, j'ai bien dit : hommes ou *femmes*; la voix de Robinson, si mon souvenir est exact, était assez aiguë. Son teint bronzé pouvait bien être artificiel. Et les circonstances le favorisaient, puisque personne ne se connaît encore le premier soir d'une traversée. En somme, pourquoi ne serait-ce pas une femme? Et son aspect était tellement banal que je n'arrive même pas à me rappeler la couleur de ses yeux, derrière ses lunettes, ou la forme de son nez.

Mais si c'était lui l'assassin, comment pouvait-il savoir qu'en faisant une réussite à une table voisine, il serait invité à se joindre au groupe Lambert?

Comment savait-il que Daniels lui faciliterait la besogne en demandant un cocktail et qu'il pourrait sortir de la pièce avant que le poison n'ait produit son effet?

Comment pouvait-il savoir que tout cela s'arrangerait pour lui d'une manière aussi inespérée?

Et surtout, comment a-t-il fait pour se dissimuler sur ce bateau qu'on a exploré dans tous les sens?

Essayez de me débrouiller tout cela, si vous le pouvez, Davy chéri.

Dans ma cabine
Lundi 16 novembre, 14 h 30

Oh! Davy, quelque part dans ce journal, je crois bien avoir écrit que cette histoire m'amusait. Et dire que je le pensais sans doute!

Mais maintenant, après cette nouvelle et affreuse tragédie, je n'ai plus qu'une envie : avoir des ailes de mouette pour m'échapper à l'instant de ma cabine et fuir loin, très loin de cet horrible navire!

Vous rappelez-vous, Davy, notre discussion à propos du cadre idéal pour une histoire de meurtre? N'aviez-vous pas proposé un bateau, parce que l'on y vit avec des inconnus, tout en sachant que, forcément, le meurtrier est là, dans la même pièce que vous, à votre table peut-être... et qu'en tout cas personne ne peut s'échapper!

Ah! cher Davy, vous aviez bien raison, comme

toujours! Il ne peut rien y avoir de pire que cette situation. Ce n'est pas tant que j'aie peur pour ma vie : ce qui est affreux, c'est l'incertitude perpétuelle, le soupçon qui pèse sur tout le monde. La vie à bord est devenue impossible. On en arrive à oublier l'affreuse situation de Mrs Lambert et de Earnshaw. La méfiance éclipse tout autre sentiment...

Il me semble entendre mes ancêtres gallois, groupés en cercle autour de moi, me chuchoter à l'oreille : « Malheur à cette Llewellyn qui a osé s'embarquer un vendredi 13! »

Mais soyez sans inquiétude, mon chéri; je suis saine et sauve. Je viens de dormir dix heures de suite (grâce à un calmant, il est vrai). Physiquement, je suis tout à fait d'aplomb. Mais je me demande si mon esprit pourra jamais retrouver son équilibre.

Si affreux soit-il, le meurtre de Mr Lambert n'atteignait qu'un homme qui m'était encore complètement inconnu, et dont les jours étaient comptés, vu son âge et sa maladie de cœur. Mais quand il s'agit d'une personne jeune, pleine de santé, ayant toute une belle vie devant elle, apprendre qu'elle vient d'être supprimée d'une manière aussi inconcevable me remplit de terreur. Si c'était le soir, je vous jure que je me cacherais, comme une petite fille, sous mes couvertures, pour ne plus rien connaître d'un monde aussi cruel.

Voilà où j'en suis, aujourd'hui, à 2 heures de l'après-midi! Je n'ai même pas la force de me lever pour aller sur le pont. Je ne puis que me remettre à ce journal; cela me soulage, en me permettant de donner libre cours aux sentiments qui m'étouffent.

Et maintenant, ce que j'ai de mieux à faire, c'est

de mettre un terme à toutes ces considérations en reprenant mon récit là où je l'ai laissé hier soir.

Donc, après le dîner, on dansait sur le pont; la mer était étonnamment tranquille, d'un calme un peu menaçant... Dans le ciel, une multitude d'étoiles brillaient d'un éclat intense. Etait-ce un effet de mon imagination? Je ne pouvais me défendre d'une vague impression de malaise. La chaleur était étouffante, de temps à autre les passagers jetaient un regard inquiet vers les flots, paraissant redouter confusément l'approche d'un orage. L'air semblait chargé d'électricité.

Le jazz du bord était vraiment excellent. Malgré mes bonnes résolutions, j'avais promis à Adam de lui accorder une danse, en m'aventurant sur le plancher avec toute la prudence que commandait l'état de mes forces. Au moment précis où nous allions commencer, Daniels vint à nous et dit :

– Sauriez-vous, par hasard, miss Llewellyn, si miss Demarest aime danser?

Adam soupesa le petit Londonien du regard et sourit :

– Mais naturellement, Daniels, *toutes* les femmes aiment danser, ou du moins, elles aiment qu'on les invite. Abordez-la avec assurance : quand elle sera sur ses pieds, étreignez-la hardiment aux genoux, et à la grâce de Dieu!

Comme Daniels se dirigeait d'un air humble vers l'imposant objet de ses pensées, je fus saisie d'un fou rire irrésistible :

– Non, non, m'écriai-je d'une voix mourante, je suis incapable de danser, vraiment! Il faut que je me rasseye. Oh là! ma cicatrice!

Je dois reconnaître que j'ai été bien inspirée, car juste à ce moment, Davy, il se mit à tomber une averse épouvantable. On eût dit que le ciel avait ouvert de gigantesques vannes, laissant choir sur nous des trombes d'eau, un véritable torrent, hurlant et mugissant!

L'orage avait crevé d'une façon si brutale que tous les danseurs qui n'étaient pas sous un abri furent trempés jusqu'aux os avant d'avoir eu seulement le temps de traverser le pont.

Alors éclatèrent le tonnerre et les éclairs. J'ai souvent entendu parler de pluies diluviennes, mais jamais je n'aurais osé imaginer rien de pareil. La foudre semblait déchiqueter le ciel, et les éclairs qui cernaient le navire nous donnaient l'impression d'être au milieu d'un bombardement. Bientôt la mer entra dans la danse : en quelques minutes, au calme plat succéda la tempête.

C'était un spectacle effrayant, Davy, et pourtant fascinant. Je restai assise dehors, un bon quart d'heure, à le contempler, consciente de mon infime petitesse devant les éléments déchaînés.

Un officier du bord me cria de loin que je ferais bien de rentrer. A regret, je me levai et me dirigeai vers le fumoir. Dès les premiers coups de tonnerre, Adam m'avait abandonnée sous prétexte de s'assurer que son hublot était fermé. Il semblait redouter fort les draps humides!

Il n'y avait personne de connaissance dans le fumoir, excepté Earnshaw qui était installé seul à une table, devant une assiette de sandwiches. Il portait un complet gris et semblait fatigué par le travail de la journée.

– Voilà tout mon dîner, dit-il sur un ton joyeux, en me montrant les sandwiches. Voulez-vous le partager avec moi?

Je m'assis.

– Et maintenant, que diriez-vous d'un petit remontant? Ne trouvez-vous pas que cette tempête est magnifique? Je me suis laissé surprendre par l'averse et j'ai été obligé de me changer. Un double brandy s'imposait. Et pour vous?

– Le brandy me paraît aussi indiqué.

En attendant l'arrivée des consommations, nous restâmes debout près de la fenêtre, à regarder les éclairs. La pluie avait cessé aussi subitement qu'elle était venue; déjà une ou deux silhouettes encapuchonnées se hasardaient courageusement sur le pont, pour prendre le frais en regardant la mer démontée.

Nos boissons arrivèrent.

– Comment va Mrs Lambert? demandai-je.

– Elle a l'air un peu moins abattue ce soir, la pauvre. Mais ce temps n'est pas fait pour la réconforter. Heureusement la cabine de Betty est juste à côté de la sienne. Comme cela, si elle a besoin de quelque chose la nuit... Maintenant, elle paraît résignée à son sort, et moins terrorisée.

A ce moment, Adam entra dans la pièce. Comme il s'avançait vers notre table, je lui lançai un coup d'œil significatif, en me rappelant qu'Earnshaw m'avait demandé ce matin un moment d'entretien particulier. Adam quitta la pièce en affectant une tristesse excessive.

– Vous sentez-vous ce soir l'humeur compatissante, miss Llewellyn? me demanda Earnshaw tandis que nous dégustions notre brandy.

J'inclinai la tête en m'efforçant de prendre un air à la fois amical et protecteur.

– Tant mieux, poursuivit-il en voyant que j'étais disposée à lui venir en aide. J'ai tellement besoin de me confier; c'est au sujet de Betty... et aussi de moi, ajouta-t-il. Je suis dans une passe terrible. Et je ne sais quelle attitude adopter. Voyez-vous, miss Llewellyn, je... j'aime Betty et je lui ai demandé de m'épouser.

– Bravo! m'écriai-je avec enthousiasme. C'est une fille épatante et vous avez de la chance... bien entendu, si... de son côté...

Le pauvre garçon regarda le bout de ses chaussures d'un air embarrassé. Puis il tira de sa poche son étui à cigarettes, en prit une, oubliant d'ailleurs de m'en offrir.

– Voilà toute l'histoire, dit-il en tirant de sa cigarette d'épaisses bouffées de fumée. J'ai eu l'occasion de voir fréquemment Betty ces derniers temps – je veux dire avant le voyage. J'habitais même chez les Lambert pendant toute la période où nous dûmes nous consacrer à la préparation de ce contrat de Rio. Mr Lambert estimait qu'en établissant les prix au plus juste, il pourrait arriver à faire une offre beaucoup plus avantageuse que celle de ses concurrents. A ce moment, je ne quittais pas la maison et Betty était sans cesse avec nous. Mr Lambert m'avait pris en amitié et un jour, il me demanda ce que je pensais de sa nièce. Je lui dis franchement que j'en étais très épris. Bien que fort peu sentimental, il parut attendri par cet aveu à un point que je n'attendais pas de lui – si indifférent, par exemple, lorsqu'il s'était agi de son propre fils – et il se dit prêt à faire tout son possible pour m'aider, à une seule condition : que je ne dise rien à Betty avant que l'affaire de Rio ne soit complètement liquidée. Si nous arrivions à enlever le contrat, me dit-il, il était disposé à me donner sa bénédiction, sans parler d'une assez jolie dot.

A ce moment, Adam fit une seconde entrée dans le fumoir, jeta dans la pièce un regard circulaire, puis, ne voyant personne de sa connaissance, il sortit d'un air désespéré.

– Ce vieil ami que vous traînez toujours avec vous est bien assommant, dit Earnshaw avec pétulance. Au fait, est-ce que je ne vous ennuie pas?

Je protestai vivement et l'assurai de l'intérêt que je portai à son récit.

– Ainsi donc, tout allait bien, continua-t-il. Pourtant mon engagement ne stipulait pas, bien sûr, que Betty nous accompagnât pendant le voyage. C'est Mrs Lambert qui l'a fait venir, ce qui était, certes, très gentil de sa part. Mais vous pouvez comprendre que la situation devenait de plus en plus difficile pour moi. Dès le premier soir, justement celui où mourut Mr Lambert, l'inévitable se produisit : en nous amusant à explorer le bateau, nous aboutîmes à un coin retiré où... Enfin, peu importe, mais il est certain que je perdis la tête et ne pus m'empêcher de dire à Betty que je l'adorais. A ma grande surprise, j'appris que... qu'elle m'aimait aussi. Et nous nous fiançâmes sur-le-champ, bien entendu dans le plus grand secret. Je nageais dans le bonheur, jusqu'à ce que... vous connaissez la suite.

Earnshaw s'interrompit pour allumer une autre cigarette. Cette fois, je lui demandai de m'en offrir une. Il me tendit son étui en s'excusant.

– Je ne vois rien de bien tragique là-dedans, Mr Earnshaw, dis-je à mon tour, vous vous aimez, vous...

– Oh! mais, c'est que tout est différent maintenant! Il y a deux jours, j'avais encore chez Mr Lambert une situation fort satisfaisante, et qui me permettait d'assurer la vie d'un ménage. Mais je ne fais pas officiellement partie de la compagnie. Mr Lambert m'employait comme secrétaire particulier. Avec sa mort ma situation disparaît, elle aussi, et naturellement, Mr Lambert ne m'a pas laissé un centime. J'ai immédiatement télégraphié à son bureau pour demander la permission d'aller à Rio et de régler l'affaire en son nom. Tout à l'heure, j'ai reçu une réponse : c'est non. Et l'on m'avise aimablement que l'on n'a plus besoin de mes services. J'ai trente-quatre ans et à peine quelques dollars d'économies. La famille de Betty a de la fortune, et de l'ambition pour elle. De plus, elle n'a que vingt ans, elle est jolie, et a du succès. Je vous le demande, miss Llewellyn, ne serait-il pas inexcusable de la retenir? Peut-être me faudra-t-il des années avant que je puisse lui assurer la vie à laquelle elle est habituée. Réussirai-je seulement à trouver un autre emploi? Vous savez, j'en suis sûr, ce que pensent les femmes dans de telles situations. A votre avis, que dois-je faire?

Son expression était si pathétique, si désespérée, que je me rapprochai, instinctivement, et lui tendis la main. Le bateau ne cessait de « rouler » assez rudement et une brusque secousse me fit verser presque dans ses bras. Je dus m'accrocher à sa manche pour reprendre mon équilibre.

– C'est à cause du bateau, et non pas du brandy, Mr Earnshaw, dis-je en riant. Et maintenant, si vous voulez savoir ce que pense une jeune femme de tout cela, il m'est d'autant plus facile de vous répondre que je vais me marier moi-même. J'épouse un homme qui gagne quarante-cinq dollars par semaine. Bien que, comme journaliste, je ne lui arrive pas à la cheville, il se trouve que je gagne le double. S'il venait à perdre sa situation ou à tomber malade, j'aurais à peine posé le pied sur la terre ferme, que je l'épouserais et me tuerais au travail plutôt que de le perdre. Alors, si Betty vous aime, et si elle est bien telle que je l'imagine, elle doit penser la même chose que moi.

Pendant cette tirade passionnée, Davy, je m'étais

inconsciemment suspendue à la manche de mon interlocuteur. Jugez un peu de mon embarras quand, en levant la tête, j'aperçus Mrs Lambert debout près de notre table. Visiblement, elle s'était vêtue à la hâte, d'un long manteau boutonné jusqu'au cou. Elle me fit de la tête un signe de politesse, empreint cependant d'une certaine froideur. Earnshaw, dès qu'il la vit, bondit sur ses pieds :

– Excusez-moi, Mrs Lambert, je vous croyais au lit. Puis-je faire quelque chose pour vous?

– En effet, Jimmie, j'étais allée me coucher, et Betty aussi, ou du moins elle est venue me dire bonsoir il y a plus d'une heure. En me réveillant, il y a un instant, je me suis brusquement souvenue que la pauvre enfant avait toujours une peur terrible de l'orage. Je l'ai appelée, mais elle n'a pas répondu. J'ai alors envoyé la femme de chambre pour voir si elle n'avait besoin de rien : mais il n'y avait personne dans la cabine. Et son lit n'était pas défait. J'ai attendu un peu, et puis, j'ai commencé à m'inquiéter; alors, je me suis couverte et je suis montée la chercher.

Une expression d'anxiété passa dans les yeux de Earnshaw.

– Elle m'avait pourtant dit, à moi aussi, qu'elle allait se coucher; et il y a déjà un bon moment, murmura-t-il.

– Eh bien! dit Mrs Lambert d'un ton tranchant, cela vous intéressera peut-être d'apprendre qu'elle est en ce moment assise sur le pont, avec un homme. Comme il avait le dos tourné, je n'ai pu voir qui c'était. Je pensais, naturellement, qu'il s'agissait de vous jusqu'au moment où je vous ai aperçu ici avec miss Llewellyn. Sauriez-vous, par hasard, avec qui elle est?

De la tête, nous fîmes tous deux signe que non.

– En ce cas, dit Mrs Lambert sur le ton agressif de quelqu'un qui a pris à cœur son rôle de chaperon, je vais lui dire qu'il est plus de 11 heures, et qu'il est grand temps qu'elle rentre.

Sur ces mots, elle nous tourna le dos, comme pour nous marquer sa désapprobation, et se dirigea vers tribord.

Quand elle se fut éloignée, Earnshaw me regarda avec un sourire un peu forcé.

– Oh! oh! Betty! murmurai-je.

A peine avais-je dit ces mots, Davy, qu'un son affreux me glaça le sang dans les veines, et figea le sourire de Earnshaw en un rictus d'épouvante.

C'était un cri inhumain, désespéré, qui dominait, clair et perçant, le bruit des machines et le mugissement des vagues.

Le plus terrifiant, Davy, c'est qu'il ne semblait pas provenir du bateau : on eût dit le hululement d'un esprit, rôdant autour du navire, qui, après avoir jeté une sorte d'appel de détresse, se fût perdu dans le vent et la nuit. Pendant quelques secondes, nous demeurâmes cloués sur place. Le silence qui suivit fut l'un des instants les plus angoissants, les plus terribles de ma vie. Je ne l'oublierai jamais.

Il fut d'ailleurs de courte durée : presque aussitôt on entendit des cris, très humains, cette fois. C'était une voix féminine étranglée venant de tribord; les cris se rapprochaient rapidement, bientôt, nous entendîmes :

– Au secours!... Au secours!... Betty!

Earnshaw bondit vers la porte. Il n'était pas encore au milieu de la pièce que Mrs Lambert apparut, les cheveux en désordre, les yeux hagards, le visage blême de terreur.

– Betty... jetée par-dessus bord... Arrêtez... arrêtez le bateau! dit-elle d'une voix haletante.

Earnshaw et moi l'écartâmes brutalement pour nous élancer vers le pont où des passagers et des hommes d'équipage étaient déjà rassemblés.

Alors, Davy, je vis un spectacle qui me pétrifia d'horreur. Le beau châle orange de Betty volait au gré de la brise, à quelques mètres du navire. Ballotté dans le tourbillon d'air provoqué à l'arrière par la marche du bateau, il semblait choisir sa place avant de se poser sur les flots bouillonnants. Puis, tout d'un coup, il tomba... J'eus à peine le temps d'entrevoir le visage d'Earnshaw, quand celui-ci reconnut le châle. En un clin d'œil, il avait arraché sa veste et atteint le bastingage. Trois robustes marins s'étaient élancés pour l'arrêter.

– Non, non, c'est de la folie, criaient-ils, avec une mer pareille!

Avant qu'ils aient pu le maîtriser, le poing de Earnshaw, comme un éclair, avait frappé l'un d'eux au menton, envoyant l'homme rouler à cinq mètres.

Se débattant avec les deux autres, Earnshaw enjamba le bastingage. Alors, je ne sais plus bien ce qui se passa. J'étais là, malade d'angoisse, attendant qu'un bruit de plongeon m'apprît qu'il avait rejoint Betty.

Je crois qu'on dut le retenir par les cheveux ou par le col à l'instant où il allait sauter. Un officier qui venait de donner à la hâte des ordres dans un porte-voix s'était joint à ses hommes pour leur prêter main-forte. Ainsi purent-ils ramener vers le pont le malheureux Earnshaw qui luttait encore.

– Elle a voulu se suicider, s'écria l'officier. Nous allons stopper le bateau, on va faire tout ce qui est possible. Vous là, dit-il aux hommes, ne le lâchez pas.

Pendant ce temps, figée dans une immobilité complète, Mrs Lambert sanglotait. Il y eut un vacarme assourdissant, suivi d'un grincement prolongé.

– On fait tourner les hélices à l'envers pour arrêter le bateau, cria un officier en réponse à la question d'un passager. Une femme est tombée à la mer.

J'avais rejoint Mrs Lambert et faisais de mon mieux pour la calmer. L'officier nous entraîna à l'écart de la foule.

– Je vous en prie, madame, je vous en supplie, tâchez de vous ressaisir (il l'avait prise par le bras et la secouait presque rudement). C'est une chose très sérieuse d'arrêter ainsi un bateau. Dites-nous exactement... Etes-vous sûre d'avoir vu la jeune fille tomber à l'eau?

Mrs Lambert regardait fixement devant elle, la figure crispée, les yeux perdus dans le vague. J'eus peur, un instant, que le choc ne lui eût dérangé l'esprit. Soudain, elle se mit à parler, d'une voix lente, entrecoupée :

– Il l'a jetée... par-dessus bord... Ils étaient là... tous les deux... en train de parler. Betty riait. Il l'a enveloppée dans son châle... ils avaient l'air de se dire bonsoir, et j'allais retourner... Juste au moment où j'arrivai à l'endroit que voici, j'entendis le cri... ce cri affreux... et puis... un bruit de chute dans l'eau. (Elle eut un long frisson.) Je me suis précipitée... et je n'ai plus vu que le châle de Betty qui flottait au-dessus de la mer! J'ai alors couru au bastingage. Tout d'abord, j'ai cru apercevoir dans l'eau quelque chose d'informe. Mais cela n'a duré qu'un éclair, bientôt tout avait disparu!

Elle cacha son visage dans ses mains.

– Mais cet homme, Mrs Lambert? Vous l'avez bien vu? (L'officier avait baissé la voix.) Tâchez de vous rappeler.

La veuve étouffa un sanglot et le regarda, les yeux agrandis d'effroi.

– Oui, oui! s'écria-t-elle d'une voix rauque. Il s'est enfui sur le pont en courant. Il avait un pardessus et un chapeau rabattu sur les yeux. Mais quand il est arrivé à cette porte, près de la lumière, j'ai pu entrevoir sa figure : il portait des lunettes à montures d'acier; il avait le visage glabre, le teint basané. Oh! bien sûr, je pourrais jurer que... (Un nouveau sanglot l'interrompit. Puis sa voix se fit claire et distincte :) ... que c'est l'homme qui jouait au bridge avec mon mari, le soir où on l'a assassiné, cet inconnu qui prétendait s'appeler Robinson!

Je n'en entendis pas davantage, Davy. Une femme de chambre vint chercher la malheureuse et l'emmena dans sa cabine. Mais aucune force au monde n'aurait été capable de faire bouger Earnshaw. Il restait là, entre les deux marins anglais, les yeux fixés sur l'océan que de puissants projecteurs éclairaient maintenant aussi crûment que la scène d'un music-hall.

Le bruit effrayant des machines commençait à diminuer, et le bateau paraissait immobilisé. Il me sembla que nous devions être revenus à peu près à l'endroit où Betty avait été jetée à la mer.

J'aperçus Daniels qui montait et interrogeait l'un des officiers.

– Hélas! non monsieur, lui répondit ce dernier, il n'y a pas une chance sur mille de la retrouver; il est probable qu'elle a été happée par les hélices... Ce que nous faisons là n'est qu'une pure formalité!

Je me détournai, Davy, prête à me trouver mal.

Non, l'idée de Betty engloutie par ces eaux ténébreuses, de son jeune corps saisi, broyé par ces impitoyables hélices...

Nous étions tous là impuissants, inutiles! « Une pure formalité! » Non, c'était trop pour moi!

Pauvre petite Betty!... Elle qui avait peur de l'orage!

Le pont présentait un spectacle étrange. Il était envahi d'une foule d'officiers, de marins, de passagers, ces derniers dans des tenues plus ou moins baroques. L'arrêt brusque du bateau, le vacarme des machines tournant à l'envers, les allées et venues précipitées avaient jeté la panique. Certains s'imaginaient que nous faisions naufrage; on devait leur prodiguer des paroles rassurantes :

– Non, madame, je vous assure. Nous ne courons aucun danger. C'est seulement une femme qui est tombée à la mer!

« Seulement une femme qui est tombée à la mer », Davy! Pas plus que cela! Et tous ces gens qui n'avaient pas connu Betty s'étaient mis à discuter, par groupe, avec des exclamations de curiosité, comme d'une attraction imprévue, qu'il serait si passionnant, n'est-ce pas, de raconter plus tard aux amis...

Pendant ce temps, les projecteurs balayaient inlassablement la surface de la mer; des yeux avides et angoissés tentaient, hélas! en vain, de scruter la profondeur des eaux. Parfois, un cri d'espoir jaillissait quand une bande d'écume, la crête d'une vague ou un tourbillon faisait croire à la présence d'un corps humain. Et puis il s'éteignait dans un murmure de déception.

Tout à coup, j'eus le sentiment qu'Adam n'était pas parmi la foule. Vous savez, Davy, j'ai tellement pris l'habitude de le sentir dans mes parages! Après avoir passé en revue tous les crânes chauves qui se trouvaient sur le pont, je me convainquis qu'il n'y était pas. D'ailleurs, à l'exception de Daniels je ne remarquai aucun des convives de la table du commandant.

Je me sentis alors, Davy, si inutile, si déprimée, que je m'écroulai dans le transat le plus proche et, ainsi seule, je me laissai aller à une crise de larmes.

Je ne sais combien de temps je restai à sangloter. En tout cas, mes pleurs ne devaient pas être tout à fait silencieux, car soudain je vis une grande main qui me mettait sous le nez un mouchoir : Daphné Demarest était debout près de moi.

– Allons, du courage, me dit-elle, bien que tout cela ne soit pas très gai. Une cigarette?

Je me tamponnai les yeux avec son mouchoir et je le lui rendis.

– Rien de nouveau? demandai-je.

Comme pour répondre à ma question, la sirène mugit. Puis ce fut un grand bruit de machines.

Le navire avait repris sa route.

– Pauvre enfant, soupira Daphné, elle est bien perdue. Le steward et la femme de chambre ont essayé de la chercher, mais hélas! sans espoir... Elle reste naturellement introuvable. Tout d'abord, moi aussi, j'ai cru que Mrs Lambert était devenue folle; mais il a fallu se rendre à l'évidence; elle ne s'était pas trompée...

Je poussai un profond soupir.

– Et nous allons devoir subir de nouveaux interrogatoires... Quand tout cela finira-t-il donc?

– Nous pouvons du moins nous consoler, répliqua Daphné, qu'aucun des passagers, jusqu'à maintenant, ne pense qu'il s'agit d'un meurtre. Jennings m'a prévenue, et je suppose que le reste de notre table le sera aussi; on va répandre le bruit que Betty était très déprimée par la mort de son oncle et... bref, qu'elle a été victime d'un accident. (Daphné jeta, d'un geste sec, sa cigarette par-dessus bord.) Mais, ajouta-t-elle, ce n'est qu'une question de temps. Tout le monde devinera vite la vérité...

Le *Moderna* fendait l'eau avec lenteur, en vibrant douloureusement. Le tumulte et les cris avaient cessé; on n'entendait plus que le bruit des hélices. Les ponts, désertés par la lumière des projecteurs, étaient plongés dans les ténèbres, et les passagers, paraissant s'apercevoir du négligé de leur tenue, se hâtaient vers leurs cabines. Le marin qui s'était chargé de maîtriser Earnshaw avait lui-même remis sa vareuse et se préparait à redescendre.

Les recherches étaient abandonnées.

Seul, Earnshaw était resté sur place, les yeux toujours rivés sur la mer; son manteau gris gisait près de lui. Je fus soulagée de ne pouvoir lire l'expression de son visage.

Le Dr Somers s'approcha et lui prit le bras. Pendant quelques secondes, ils discutèrent avec animation. Puis le jeune médecin l'entraîna.

Je regagnai alors ma cabine et sortis mon journal; mais j'étais incapable d'écrire une ligne. Je ne cessais de penser à Betty se débattant dans l'eau noire et glacée. J'essayai alors de m'endormir sans y parvenir davantage. Son cri me hantait. Et j'éprouvais un besoin désespéré, chéri, de vous avoir auprès de moi, pour me consoler, me protéger en me serrant fort, bien fort dans vos bras...

Les oreilles commençaient à me bourdonner. Je sentis que j'allais tomber malade si je ne trouvais pas le sommeil. Je sortis alors le petit flacon bleu que m'avait donné le Dr Klein, à la clinique; et je pris une dose suffisante pour me procurer, enfin, dix longues heures d'oubli.

Maintenant, à tête reposée, une idée s'est ancrée dans mon esprit : ce nouveau meurtre doit avoir un rapport avec le premier. Et je suis sûre de posséder la clef du mystère. Je ne l'ai pas encore trouvée, je ne sais pas où elle est : mais je la détiens, *j'en suis certaine,* et avant que nous ne touchions terre, *il faut* que je la trouve.

Dans ma cabine
Lundi, 16 novembre, 22 h 30

J'ai eu bien de la peine, chéri, à me tirer du lit, aujourd'hui à l'heure du thé! J'ai trouvé les passagers occupés à jouer au tennis et au shuffle-board, comme s'il ne s'était rien passé. Le bateau filait à bonne allure et le temps était idéal. Nul ne semblait se soucier de la terrible tragédie de la nuit dernière. Et j'eus le cœur serré, Davy, en constatant combien l'individu compte peu dans le cours des événements. Il faut que les bateaux tiennent leur moyenne, que le public s'amuse et que le grand jeu de la vie continue. Et rien ne serait changé non plus si, au lieu de Betty, il s'était agi de vous ou de moi...

Adam me rejoignit bientôt, dans le coin écarté du pont supérieur où j'étais venue me réfugier. Selon son habitude, il avait recueilli une nouvelle moisson d'informations.

J'appris donc qu'on avait fait une enquête serrée auprès des passagers qui n'étaient pas encore couchés au moment du drame. Une femme a cru – mais ce n'est pas bien sûr – apercevoir Betty en conversation avec un homme à l'endroit désigné par

Mrs Lambert. Mais personne, en définitive, ne peut affirmer l'avoir vue ou entendue tomber dans l'eau, bien que le cri affreux qu'elle a poussé soit parvenu jusqu'aux passagers de troisième classe. Et la réalité terrible se confirme : Betty reste introuvable.

– Et vous, Mr Burr, où pouviez-vous bien être pendant tout ce branle-bas? demandai-je à la fin.

Adam me regarda attentivement et s'éclaircit la voix :

– Eh bien! j'ai pensé que je tenais une occasion unique pour donner la chasse à notre vieil ami Robinson! Il y a des coins du bateau où personne ne songe à regarder : les salles de bains, les W.-C, les placards, les offices. Tout cela pouvait bien servir de cachette pour quelques instants. J'espérais l'attraper la main dans le sac, aussitôt le crime commis, tandis que tout le monde était rassemblé sur le pont. J'ai même erré dans les coursives... Malheureusement, je n'ai rien vu ni entendu de suspect.

– En tout cas, continuai-je, nous savons au moins que Robinson était en un endroit précis, à un instant précis. Voilà qui nous aidera sans doute à éliminer un certain nombre de personnes.

– Pas autant que vous l'espérez, répliqua Adam, d'un ton attristé. La plupart de nos partenaires du fameux bridge étaient au lit, ou du moins dans leur cabine au moment du drame. Pourtant, il est sûr que vous êtes hors de cause, comme moi.

– Comment cela? demandai-je d'un air soupçonneux.

– Eh bien! vous étiez dans le fumoir avec Earnshaw, pendant ce temps. Et vous pouvez jurer, n'est-ce pas, que vous m'avez vu entrer et sortir plusieurs fois, au moins deux, si je ne me trompe.

– Oh! naturellement, je vous ai vu environ dix minutes avant que Betty n'ait crié, mais..., ajoutai-je avec malice, cela ne prouve rien. Et maintenant, ma conscience me souffle de descendre chez Mrs Lambert, pour voir si je ne puis lui être de quelque secours.

Adam eut un sourire contraint.

– Bon, bon, chère amie; mais quoique vous refusiez d'établir mon alibi, j'espère que vous ne me lâcherez pas pour le tournoi de shuffle-board qui aura lieu la semaine prochaine. J'ai déjà inscrit nos noms.

– Je regrette, dis-je sèchement, mais le shuffle-board est encore trop fatigant pour ma cicatrice. A tout à l'heure, au dîner!

Sur cette démonstration de mauvaise humeur, je me dirigeai vers la cabine de Mrs Lambert.

Je trouvai Earnshaw arpentant le petit salon comme un tigre en cage. Il était en manches de chemise, non rasé, les yeux creux. Il me regarda d'un air anxieux qui faisait pitié. Contre toute raison, le pauvre diable voulait encore garder espoir.

Je fis de mon mieux pour lui dire quelques paroles réconfortantes. Mais c'était bien peu, en réalité! Puis j'entrai dans la chambre voisine. Mrs Lambert semblait sérieusement malade : on avait délégué une infirmière du bateau à son chevet. Elle me parut soudain beaucoup plus sympathique : écrasée de douleur mais digne et calme. Le choc a dû être terrible pour elle! Elle me parla de Earnshaw avec une véritable affection, m'expliquant qu'elle avait tout fait pour avancer les choses. Elle me confia encore que Betty s'était montrée nerveuse et craintive dans la journée d'hier, et elle se demandait si cela n'avait pas rapport avec la lettre anonyme qu'elle avait reçue.

– Une lettre anonyme! m'écriai-je.

– Mais oui, ne saviez-vous pas? Ils l'ont trouvée dans son sac. C'est Mr Jennings qui l'a.

– Que... que disait-elle? demandai-je, faisant mon possible pour dissimuler ma curiosité.

– Oh! ce n'était qu'un mot maladroitement écrit et sans signature. Son auteur prétendait connaître l'assassin de mon mari; et il ajoutait que si Betty voulait bien se trouver sur le pont à tribord, à 22 h 30, il viendrait lui dire ce qu'il savait. C'est tout. Elle m'avait bien parlé d'un rendez-vous mais, naturellement, je lui avais dit de ne pas y aller. Je n'arrive pas à comprendre pourquoi elle m'a désobéi. Hélas! elle ne se doutait pas du danger qu'elle courait, pauvre petite... pauvre petite!

L'infirmière me lança alors un coup d'œil; je compris, et prétextai qu'il était temps pour moi d'aller m'habiller pour le dîner.

Notre table, ce soir, était plutôt morose. Nous sommes les seuls passagers à connaître les faits dans leur tragique réalité; chacun de nous se méfie de ses voisins, ou bien, nous nous déplaisons mutuellement. Tout cela ne pouvait guère contribuer à animer la conversation. Quelques-uns commençaient à peine à faire effort sur eux-mêmes pour échanger des banalités, lorsque le commandant se leva.

Le silence s'établit instantanément dans toute la salle à manger. Visiblement, les autres tables s'attendaient à quelque lugubre nouvelle. Une bonne cinquantaine de paires d'yeux étaient tournées vers le commandant, avides de savoir.

Fortescue fit un petit speech assez habile, destiné à rendre confiance aux passagers, tout en donnant au meurtrier le sentiment d'une sécurité trompeuse, et en ne laissant rien transpirer de ce qu'on savait d'essentiel.

Un homme d'affaires bien connu, nous dit-il, était mort d'une crise cardiaque, le premier soir, et sa nièce, très affligée, était tombée à la mer, la nuit dernière. Devant des événements aussi pénibles, il était sûr que le bateau tout entier s'associerait à son témoignage de sympathie pour la veuve et l'ami si cruellement éprouvés. Il tenait à dire, pourtant, que Mrs Lambert et Mr Earnshaw avaient vivement insisté pour que rien ne fût modifié dans le programme de la traversée. Ils savaient que beaucoup de passagers étaient en voyage de repos ou de convalescence. C'était donc sur leur prière expresse que les jeux du bord, tournois de bridge et autres distractions auraient lieu comme prévu.

Un murmure de sympathie et d'approbation parcourut la salle à manger, lorsque la...

Dans ma cabine
Une demi-heure plus tard

Davy, Davy, mon chéri, ce qui vient de m'arriver est incroyable. J'en suis encore toute retournée. Mais, Dieu merci, j'ai un puissant verrou sur ma porte!

J'étais assise sur ma couchette, en train d'écrire, il y a à peine quelques instants. Il était environ 11 heures et le bateau ne bougeait pas trop. J'en étais au moment où le commandant commençait son speech, lorsque j'entendis un léger frôlement sur le plancher, à peine perceptible, tout à fait comme un petit bruit de souris. Aussi, sans y prêter attention, je continuai à écrire.

Alors, juste comme j'arrivais à la phrase « ... parcourut la salle à manger, lorsque la... », il me sembla que quelque chose de blanc courait sur le plancher.

Je crus d'abord – oh! horreur! – que c'était un rat, et, plus terrifiant encore, un rat blanc! D'un seul coup, je m'arrachai à ma lettre et sautai à bas de ma couchette. Et alors, je vis, au beau milieu de ma descente de lit, un morceau de papier plié, portant l'en-tête du bateau.

Je le ramassai délicatement. D'abord, j'eus l'impression de signes cabalistiques, indéchiffrables. De toute évidence, les caractères avaient été tracés de la main gauche, comme pour déguiser l'écriture. Il en résultait un gribouillage informe.

En approchant la feuille de la lumière, je pus (non sans difficulté) lire les mots suivants :

SI VOUS TENEZ À NE PAS ALLER REJOINDRE BETTY LAMBERT, VOUS FEREZ BIEN DE VOUS MÊLER DE CE QUI VOUS REGARDE ET DE DÉTRUIRE CE JOURNAL.

ROBINSON.

L'espace d'une seconde, Davy, j'eus envie de rire; cela semblait tellement absurde. Mais assez vite, la portée de ce billet commença à m'apparaître. A n'en pas douter, il y avait quelques secondes à peine, ce démon de Robinson avait rampé jusqu'à ma porte et glissé ce message dans ma cabine. La réalité me gagnait peu à peu : il s'était embusqué là, derrière cette mince cloison. Ma tête s'était trouvée à moins de cinquante centimètres de sa main. Et il connaissait l'existence de mon journal, il savait que je m'efforçais de le découvrir!... Il me faisait même l'honneur de me traiter comme une personne avec qui il faut compter!

Soudain, un sentiment de panique m'envahit. Je sonnai la femme de chambre et lui demandai si elle n'avait pas vu rôder quelqu'un autour de ma cabine. Elle dit n'avoir vu personne et le steward, Trubshaw, auquel elle posa la question, répondit aussi par la négative.

Pourtant, on s'était bien approché de ma cabine pendant la dernière demi-heure, car le papier, j'en suis absolument sûre, n'était pas là quand je suis venue me coucher. Pour la première fois, je me sentis impliquée dans ce drame; plus une simple spectatrice qui se serait tenue à une distance prudente de la scène; j'étais devenue l'un des acteurs de cette affreuse tragédie. Si je n'y prends garde, mon rôle risque de gagner une importance qui peut mettre ma vie en danger...

Et voilà donc la troisième lettre anonyme dont il est question dans ce journal : celle de Daphné, celle de Betty et maintenant la mienne...

Robinson aurait-il un faible pour le beau sexe?

En tout cas, comme je vous le disais tout à l'heure, je ne suis pas fâchée d'avoir un solide verrou à ma porte!

Et, à l'avenir, je prends la résolution de ne plus me fier à *personne*, et de veiller sur mon journal comme sur un véritable trésor!

Sur le pont
Mardi, 17 novembre, 11 h 45

Malgré les émotions de la nuit dernière, Davy, j'ai admirablement dormi, et je me suis éveillée plus en forme que jamais. Il faut croire qu'à un certain point, la terreur fait place à l'indifférence. Et j'ai l'impression que me voici « blindée ».

J'étais donc parfaitement calme et maîtresse de moi lorsque, ce matin, après le petit déjeuner, je me présentai au bureau du commissaire de bord. Aussitôt entrée, je lui montrai le « billet doux » que

Robinson avait, d'une manière si romantique, glissé sous ma porte.

Jennings bondit de son fauteuil.

– Allons trouver le commandant avec ça, miss Llewellyn; tout de suite, je vous prie. C'est lui qui détient la lettre trouvée dans le sac de cette pauvre miss Lambert, et il voudra sûrement comparer les écritures. Pour moi, ce doit être la même.

Il parcourut si rapidement les corridors, grimpant en un clin d'œil les échelles extérieures, que j'étais tout essoufflée en arrivant à la passerelle du commandant. Nous attendîmes d'être introduits... A travers la porte, un bruit de voix parvint jusqu'à nous, et j'aurais juré que quelqu'un était avec le commandant. Cependant, je dus me tromper, car, une fois entrés, nous vîmes Fortescue assis, tout seul, devant son bureau.

Le commandant m'accueillit cordialement. Jennings, aussitôt, lui tendit la lettre anonyme, expliquant en deux mots comment elle m'était parvenue. Le commandant, après l'avoir lue, sortit une enveloppe d'un tiroir de son bureau. Elle contenait la feuille de papier que l'on avait trouvée dans le sac de Betty Lambert après sa mort. Pendant quelques instants, les deux hommes les comparèrent en silence.

– Il n'y a pas de doute, mon commandant, s'exclama enfin Jennings, il n'est pas besoin d'être expert en écriture pour voir que ces deux lettres sont de la même main.

Comme, d'un signe de tête, ils m'invitaient à la lire aussi, je m'approchai. A distance, par-dessus l'épaule de Jennings, je vis sans peine que l'écriture était bien identique sur les deux billets.

Le commandant me posa alors toutes sortes de questions relatives au moment et aux circonstances dans lequelles j'avais reçu la lettre. Quand je lui eu dit tout ce que je savais, il sortit un plan du bateau et nous nous mîmes à étudier la position réciproque des cabines. Par une curieuse coïncidence, Davy, presque toutes les personnes qui sont à notre table ont leur cabine sur le même pont que moi et, en somme, à côté les unes des autres.

Cela n'était pas pour nous aider.

– Je crois, miss Llewellyn, dit finalement le commandant, que je ferais bien de dire à l'un des stewards d'avoir l'œil sur votre cabine, après ce qui vient d'arriver. Vous avez un verrou à votre porte?

Je fis un signe affirmatif.

– Bien, vous ne serez jamais trop prudente, me dit-il avec un petit sourire en coin. Maintenant, parlez-moi de ce journal auquel notre ami Robinson fait allusion.

Je lui expliquai en quelques mots comment je tenais un compte rendu exact de l'affaire depuis son début. J'ajoutai que je le rédigeais n'importe où, là où je me trouvais, mais n'en avais pourtant parlé qu'aux personnes les plus intimement mêlées à la tragédie. Je lui racontai aussi le petit épisode de mon cahier laissé dans le salon.

Quand j'eus fini mon récit, le commandant me sourit, cette fois d'une manière toute paternelle.

– Excusez-moi, miss Llewellyn, il est difficile de se mettre dans la tête qu'une toute jeune femme comme vous est déjà une journaliste bien connue, et rompue à son métier, mais...

C'était une occasion inespérée, Davy. Pour arriver, dans notre métier, il est indispensable d'avoir une bonne dose d'effronterie; ce n'est pas à vous que je l'apprendrai. Aussi, je m'empressai de saisir la balle au bond :

– Oh! commandant, ne voulez-vous pas donner sa

chance à une jeune journaliste? Permettez-moi d'envoyer ce compte rendu au *Fox*. Je vous promets d'être très prudente. Vous pourrez censurer tout ce que vous voudrez. Je sais bien que j'ai l'air de ne voir dans ce drame qu'une aubaine pour moi. Mais, c'est une telle occasion pour ma carrière! Je n'en retrouverai peut-être jamais d'aussi belle. Sans compter, ajoutai-je d'un air engageant, qu'on nous donnerait peut-être en retour quelques renseignements intéressants.

Mais le commandant secouait la tête. Il fut courtois mais inébranlable.

– Ecoutez, mon enfant, dit-il, j'ai une fille à Ealing. Elle a à peu près votre âge et de l'ambition comme vous. Pardonnez-moi si je vous parle comme je ferais avec elle. Je ne peux vous laisser agir ainsi dans votre intérêt autant que dans le mien. Voyez-vous, jusqu'ici nous ne savons pas pourquoi ces malheureux sont morts. Nous ne pouvons nous permettre de risquer aucune allusion à des choses aussi graves – je veux dire : publiquement. Quelle que soit notre conviction, nous devons la garder pour nous, jusqu'à ce que nous ayons connaissance de faits précis et positifs.

Je poussai un profond soupir et lui souris en tâchant de conserver une attitude aussi filiale que possible.

– Vous devez avoir raison, approuvai-je d'une voix faible.

– Cependant, je peux vous faire une promesse : si nous arrivons à percer ce mystère, vous avez tout mon appui pour réaliser un reportage sensationnel... mais, en échange... (Il consulta la pendulette placée sur son bureau.) ... en échange, il faut que vous me rendiez un service. J'ai encore quarante minutes avant d'aller faire mon inspection. Je voudrais les consacrer à la lecture de votre journal. Voulez-vous me le montrer?

Je rougis comme une écolière.

– Oh! je suis désolée, dis-je en hésitant, mais il est écrit sous forme... euh... de lettres. Il contient des choses qui sont destinées à... à une seule personne. Toutefois, si vous pensez qu'il peut vous être utile, je ne demande pas mieux que de vous le lire moi-même. Je n'omettrai rien d'important... seulement les passages trop intimes et, peut-être, quelques descriptions.

Le commandant fit un signe d'assentiment. Jennings s'empressa poliment.

– Puis-je aller vous le chercher, miss Llewellyn?

– Oh non! il est dans une malle fermée à clé. J'en ai pour une minute.

Je courus dans ma cabine, trouvai le cahier et retournai rapidement chez le commandant. Sans perdre un moment, je pris place sur le siège le plus confortable, et commençai ma lecture. Jennings et le commandant, ayant tous deux sorti un crayon de leur poche, prirent force notes pendant mon récit. Ils écoutaient avec une attention soutenue.

Et, maintenant, Davy, traitez-moi, si vous voulez de folle, mais je suis certaine qu'à deux reprises, en levant les yeux de mon journal, j'ai vu, derrière le fauteuil du commandant Fortescue, les rideaux rouges qui bougeaient! C'étaient des rideaux lourds et épais, et il n'y avait pas un souffle d'air dans la pièce, mais quelque chose les faisait pourtant remuer. Je les ai regardés de tous mes yeux, et je suis absolument sûre de ne pas me tromper.

Quand j'eus fini, le commandant se leva d'un bond et me félicita :

– Remarquable, miss Llewellyn! Cela vaut du Conan Doyle. C'était passionnant, au point de me faire oublier que tout cela s'est passé sur mon propre bateau. J'aime beaucoup les romans policiers, comme vous pouvez voir (il me désigna sa bibliothèque) et maintenant, je vais essayer, ou plutôt, nous allons tous essayer d'utiliser au maximum vos observations.

– Eh bien, hasardai-je, puisque vous aimez les romans policiers, ne croyez-vous pas qu'il se joue, en ce moment, dans ce bureau, une petite scène à la Sherlock Holmes?

Ce disant, je tâchai de regarder de façon significative par-dessus la tête du commandant.

Il me fixa, en fronçant les sourcils, semblant ne pas comprendre. Je me contentai de garder les yeux rivés sur la draperie mouvante. A la fin, je n'y tins plus.

– Oh! très bien, commandant, si vous ne voulez pas me dire qui se cache derrière cette tenture..., dis-je avec impertinence.

Il eut un sourire bienveillant, puis son visage reprit toute sa gravité :

– Miss Llewellyn, dit-il, j'ai commencé à vous parler comme si vous étiez ma fille; permettez-moi, je vous prie, de continuer encore un instant. Vous êtes très intelligente, mais je vous conseille, pour le moment du moins, de ne pas chercher à en savoir trop. Et ce que vous savez, vous ferez bien de le garder pour vous. Ne vous fiez à personne et ne posez pas trop de questions. Si vous avez la moindre difficulté, n'hésitez pas à venir me trouver. Nous comptons sur votre collaboration, et vous pouvez compter sur notre appui. Peut-être semblons-nous piétiner. Soyez assurée, cependant, que nous ne laissons pas une pierre suspecte sans la retourner pour voir ce qu'elle dissimule. Mais nous tenons à laisser la barque courir sur son ancre dans la voie qui nous semble la meilleure, et en prenant tout le temps nécessaire.

Le commissaire approuva.

– Et n'oubliez pas, continua le commandant, pas très loin derrière nous, dans l'Atlantique, flotte entre deux eaux le corps d'une jeune fille, comme vous, qui a été tuée, sans doute parce qu'elle en savait trop; que sur le pont E, dans une cabine cadenassée, repose le cadavre d'un homme... et, enfin... que quelque part sur le bateau se cache Robinson...

Il en était là, Davy, quand, brusquement, je poussai un cri et bondis vers la porte...

Une inspiration subite venait de me traverser l'esprit : je ne pouvais attendre; j'avais besoin tout de suite de solitude pour y réfléchir.

Et elle m'apparut d'une simplicité enfantine! Oh! cette fois je la tenais ma contribution personnelle dans cette affaire, Davy! Grâce à la dernière remarque du commandant.

Devinez-vous ce que c'est?

Allons, bon, il va falloir que vous attendiez, avant que je ne vous expose mon idée; car voici le coup de gong du déjeuner, et je meurs de faim.

A bientôt, chéri.

Dans le salon
Mardi, 17 novembre, 18 h 30

Avant d'en arriver à mon inspiration de ce matin, Davy, il est indispensable de vous annoncer que me voici, enfin, dans les bonnes grâces de Mrs Clapp. Tout est oublié, et nous sommes prêtes à devenir les meilleures amies du monde.

Après avoir quitté le commandant, je décidai de

mettre tout de suite à profit ses sages conseils de méfiance et d'éviter pendant quelque temps mon vieil ami Adam. Aussi, au sortir de table, je me suis accrochée à Daphné Demarest, et l'ai suivie, ainsi que Mrs Clapp, sur le pont.

L'ex-Marcia Manners m'a conquise. Et l'histoire de son amitié avec Daphné est bien touchante. Elles se sont rencontrées pendant la guerre. L'une était infirmière, et l'autre donnait des représentations devant les blessés. A la mort de Mr Clapp, la pauvre veuve, physiquement et moralement affaiblie, eut besoin des soins de son amie. Et l'autre, Daphné Demarest, qui n'est pas bête du tout, a pris beaucoup d'ascendant sur Mrs Clapp, et en fait ce qu'elle veut.

Après le thé, je me suis remise au travail, suivant mon plan personnel.

Et maintenant, Davy, vous vous rappelez qu'une idée m'était venue en entendant les derniers mots du commandant. Il avait parlé du corps de Mr Lambert, et, dans la même phrase, il se demandait où Robinson pouvait se cacher. Or, on a fouillé tout le bateau. Et s'il est en chair et en os, il faut bien qu'il soit quelque part! Il faut bien qu'il mange et qu'il dorme! Toute la question est donc : *Où est-il?*

Commencez-vous à deviner où je veux en venir, Davy. Et voyez-vous le seul endroit du bateau où un passager clandestin puisse être en sûreté, et où personne n'ait eu l'idée d'aller regarder?

Oui, oui, chéri... c'est bien cela... dans la cabine vide où l'on a mis le corps de Mr Lambert après l'avoir embaumé!

Vous vous souvenez qu'on a voulu le garder pour en faire l'autopsie complète à Georgetown. Naturellement, on a fermé la porte à clé, mais on doit pouvoir l'ouvrir avec un passe-partout. Sans doute, n'est-il pas très drôle de se calfeutrer dans une cabine en compagnie d'un cadavre, mais on y est du moins tout à fait tranquille.

Et, maintenant, je suis certaine que vous me prenez pour une folle.

Telle a été, sûrement, l'opinion de Jennings quand je lui ai exposé mon plan, il y a environ une heure. Il m'a cependant écoutée avec beaucoup de politesse et de patience. J'avais décidé de mettre quelqu'un dans mon secret, et il était tout indiqué pour cela. Il est si équilibré, si calme! Et puis, j'ai senti que je ne pourrais jamais mettre seule mon projet à exécution. De plus, il y a trop de bonnes raisons pour tenir à l'écart Burr, Daniels ou tout autre passager.

En sa qualité de commissaire de bord, il a naturellement commencé par protester quand je lui ai fait part de mes intentions et demandé le secret absolu.

– Je ne vois vraiment pas, dit-il, pourquoi vous tenez à faire cela vous-même. Votre idée sur la cachette possible de Robinson, bien que macabre, est, au fond, assez plausible. Personne n'y a encore pensé. Je pourrai sans doute obtenir les clés par le Dr Somers. Mais pourquoi ne pas vous en remettre à moi pour cette expédition? Ce n'est pas l'affaire d'une jeune femme.

– Mr Jennings, m'écriai-je, cessez, s'il vous plaît, ces considérations chevaleresques. En ce moment, je ne suis pas une jeune femme, je suis une journaliste. Et le commandant m'a promis de me lancer si nous découvrons la clé du mystère. Cette idée est mienne, et j'entends m'y cramponner jusqu'au bout. Et puis, j'aimerais assez faire cette excursion de nuit : nous aurions ainsi une chance de trouver

Robinson endormi. Cela serait en définitive moins dangereux qu'en plein jour.

Il finit par céder. Il est jeune, lui aussi, et aventureux. Je crois que l'idée de contribuer à me lancer dans ma carrière ne lui a pas déplu, et je sais qu'il a de la sympathie pour moi. Peut-être ai-je insisté un peu trop, mais j'espère que non, car je serais désolée de lui attirer des ennuis.

Bref, nous décidâmes de ne rien dire à personne, sauf à mon steward qui doit me réveiller cette nuit, à 2 heures moins 10 (demain matin, pour être tout à fait exacte). Je rejoindrai Mr Jennings à 2 heures et nous partirons ensemble pour explorer la chambre funèbre. Il apportera deux revolvers et deux lampes électriques. Sur ses instances, je lui promis d'aller me coucher tout de suite après le dîner, pour être bien reposée avant de passer à l'action. D'autant que, probablement, je ne dormirai guère après!

Et maintenant, ne vous faites pas de souci, mon chéri. Avec ce brave Jennings qui veillera sur moi, je serai tout à fait en sûreté.

Le steward vient de m'apporter un billet : mais cette fois, il n'est pas anonyme!

Pourquoi avoir abandonné ce pauvre vieil Adam et adopté à sa place la fille de Melpomène?

Serais-je, par hasard, un peu comme Voltaire pour Frédéric II : une orange qu'on jette après en avoir pressé le jus?

S'il n'en était rien, je vous supplie de venir prendre un cocktail avec moi avant le dîner.

Dans l'espoir de vous revoir.

A.B.

Avez-vous remarqué, Davy, comme Burr a la manie des fruits, quand il parle de lui ou de moi?

J'ai tendance à croire qu'il représente sur terre la réincarnation de Pomone!

J'ai juste le temps de m'habiller, si je veux aller prendre ce cocktail. Avec ce qui m'attend cette nuit, je n'aurai pas trop d'un petit stimulant!

Mercredi, 18 novembre
Dans ma cabine, *3 heures du matin* (1)

J'écris en ce moment pour me tenir éveillée et aussi pour ne pas devenir folle. Si jamais ces lignes vous tombent sous les yeux, soyez indulgent pour mon écriture. Il me semble qu'en m'occupant ainsi je vais pouvoir chasser les visions d'horreur qui se bousculent dans ma tête; si j'arrive à y repenser sans trop de terreur, et à les fixer sur le papier, peut-être pourrai-je exorciser la menace que je sens peser au-dessus de moi!

Je vais essayer d'être cohérente. Mais si vous saviez ce qui me guette peut-être encore derrière ma porte! Davy, dites-moi que c'est impossible! Dites-moi que je vais bientôt m'éveiller et découvrir que tout cela n'était qu'un horrible cauchemar! Je suis secouée de frissons et n'ose me regarder dans la glace, par crainte d'y découvrir que mes cheveux sont devenus blancs. Que ne donnerais-je pour être encore à la maison, avec la présence rassurante de tante Caroline dont nous nous moquons si méchamment! Et avec vous, en sécurité dans vos bras...

(1) Ce passage, écrit sous le coup de l'émotion, était presque illisible. (Note de l'auteur.)

Un peu plus tard,

Je me sens mieux maintenant. J'ai pleuré en pensant à vous, et cela m'a soulagée. Mais impossible de dormir. Je n'ai pas mieux à faire que d'essayer de vous raconter posément mon histoire.

J'étais endormie quand Trubshaw vint m'appeler à 2 heures moins 10 : endormie, et assez peu enthousiaste pour mettre à exécution mon projet ridicule. Si je n'avais pas fait tant d'histoires pour aller avec Jennings, je crois que je serais restée bien tranquillement dans mon lit.

Oh! si tout cela n'était qu'un cauchemar, que je puisse oublier vite! Mais non, de toute façon, je ne pourrais l'oublier! Serai-je même encore en vie pour m'en souvenir et vous le raconter? Raison de plus pour tout noter au plus vite.

Donc, Trubshaw étant parvenu à m'éveiller, en frappant discrètement à ma porte, j'ai commencé par rester quelques instants à rassembler mes idées, en maudissant mon « flair » de journaliste!

J'entendis alors la voix étouffée du steward :

– Mr Jennings est prêt, chuchota-t-il. Mademoiselle n'a besoin de rien avant de partir?

Je n'avais certes aucune appréhension. Au contraire, j'éprouvais une sorte de fièvre salutaire. J'enfilai rapidement une robe et des sandales, et me dirigeai vers le bureau du commissaire.

Je trouvai Jennings fumant avec sérénité sa pipe dans sa cabine. Deux tasses de café étaient posées sur la table, à côté de lui. Il m'accueillit gaiement, mais sa figure un peu poupine était moins rose que d'habitude, et il avait dans le regard une expression de gravité qui démentait son air dégagé.

– Asseyez-vous et prenez un peu de café, miss

Llewellyn, dit-il en faisant glisser une tasse vers moi, et en allumant la cigarette qu'il venait de m'offrir. Nous avons tout notre temps. Personne ne nous attend... sauf, peut-être, notre vieil ami Robinson! Mais de cela, je doute un peu, je l'avoue, même avec un gaillard de son espèce!

Je bus une gorgée de café. A ma grande surprise, je m'aperçus que mes dents claquaient sur le bord de ma tasse. Jennings le remarqua, lui aussi.

– Ecoutez, dit-il paternellement, ne vous obstinez pas à venir. Je peux très bien aller seul fouiller cette cabine. Votre présence n'est nullement indispensable.

– C'est... c'est stupide, dis-je d'une voix chevrotante. Mais pas du tout, voyons. Je... je suis enthousiasmée de... de vous accompagner!

– Bon, bon, nous ne sommes pas pressés. Tenez, voici quelque chose pour faire descendre votre café.

Il sortit d'un placard une bouteille de brandy trois étoiles, et en versa deux bonnes rasades. Après quelques gorgées, je me sentis vraiment mieux et même impatiente de poursuivre notre aventure.

– Vous n'avez rien dit à personne? demandai-je anxieusement.

– Bien sûr que non. Evidemment, je n'aime pas beaucoup entreprendre cette expédition sans l'autorisation du commandant; mais vous m'avez fait promettre de n'en souffler mot à quiconque, et j'ai tenu parole. J'ai eu du mal à me procurer les clés, sans donner au docteur une explication bien claire. Il me soupçonne, m'a-t-il semblé, des plus sinistres intentions. En tout cas, vous serez contente d'apprendre que votre supposition était juste. Malgré les nombreuses fouilles qu'on a faites dans le bateau, personne n'a encore eu l'idée de mettre les pieds dans cette cabine depuis samedi dernier, jour où Somers l'a fermée à clé. Je ne vois pas comment Robinson aurait fait pour y entrer, mais il a peut-être un complice parmi les membres de l'équipage.

– Et de quel côté se trouve la cabine? demandai-je. C'est un drôle d'endroit pour déposer un mort! N'arrive-t-il jamais que les voisins se plaignent?

Jennings fronça les sourcils et but une gorgée avant de répondre :

– Sachez, miss Llewellyn, que sur les bateaux, on n'a pas l'habitude de conserver les cadavres. D'ordinaire, quand il y a un décès à bord, on jette le corps à la mer le plus vite possible. Si, par exception, on a quelque raison pour le conserver, on le place soit dans une chambre d'isolement, soit à l'infirmerie. Mais voilà : un de nos marmitons présente depuis le départ une éruption suspecte. Sans doute, le petit misérable tenait-il absolument à partir pour Rio, car il a attendu pour en parler que nous soyons en pleine mer. Bref, le Dr Somers le garde en observation dans la cabine d'isolement. Et, d'autre part, l'infirmerie, en ce moment, est constamment occupée. On ne pouvait y déposer le corps pour dix jours! C'est pourquoi le commandant Fortescue a décidé de le mettre dans une cabine vide.

– Comment, m'écriai-je, mais c'est très malsain, Mr Jennings! Un cadavre au milieu des passagers... Pouah!

Le commissaire s'efforça de sourire, bien qu'il pensât par-devers lui, j'en suis sûre, que je me mêlais de ce qui ne me regardait pas.

– Oh! allez, miss Llewellyn, ce n'est pas ce qu'il y a de plus terrible dans cette histoire! Le corps de Mr Lambert se trouve tout en bas, sur le pont E, au nº 213 pour être précis, dans une partie du bateau qui est complètement inoccupée. Depuis la crise, vous savez, nous marchons au ralenti. Nous avons dû remercier un grand nombre de stewards, et nous laissons fermés les groupes de cabines inutilisées, pour économiser le chauffage, l'éclairage et le service. Cette cabine est située très loin de la vôtre et de toutes celles des autres passagers, vous pouvez être tranquille.

Involontairement, j'eus un haut-le-corps. Alors, je repris mon verre, et finis mon brandy d'un seul trait.

– En route! dis-je d'un ton ferme.

Jennings se leva aussi. Il prit un revolver dans le tiroir de son bureau et me tendit une lampe électrique.

– Vous êtes toujours décidée à venir? demanda-t-il, prenant tout à coup un air très sérieux. Vous savez, il y a un roulis terrible, et vous risquez de vous cogner pendant le trajet.

– Je vous suis, coupai-je gaiement.

Et nous nous élançâmes vers les profondeurs du *Moderna*.

Ce fut d'abord très amusant, Davy. Toutes les coursives étaient éclairées, et j'eus un aperçu intéressant de ce qu'est la vie nocturne d'un paquebot en mer. Nous entendîmes des échos de discussions, quelques querelles de ménage; sans compter de nombreux bruits désagréables qui prouvaient, s'il en était encore besoin, que le roulis était terrible, et fatal pour l'estomac de maint passager. De-ci de-là, on croisait une femme de chambre, s'affairant une cuvette à la main, tout en pinçant les lèvres...

Bientôt, nous quittâmes l'étage des premières. Si je comprends bien, Davy, les cadavres voyagent en troisième classe. Quelle ironie et quelle leçon pour un des riches de ce monde comme Mr Lambert!

Le trajet était long, et comme certaines portes de communication étaient fermées, nous dûmes effectuer de multiples détours.

Bientôt notre voyage devint un peu plus aventureux. Nous parcourûmes des coursives basses et étroites, où des mécaniciens barbouillés de sueur et de suie fumaient par petits groupes.

Peu après, nous parvenions au milieu des machines. Les énormes chaudières entre lesquelles nous devions nous faufiler dégageaient une chaleur suffocante, rendant l'atmosphère irrespirable pour nous qui venions des ponts supérieurs. Que l'on imagine donc mal tout cela, quand, assis dans un confortable transat, on respire à pleins poumons l'oxygène du large!

Enfin, après un trajet qui me parut interminable, nous arrivâmes devant une lourde porte de fer, que Jennings fit rouler sur le côté, dans un terrible bruit de ferraille, et referma ensuite derrière nous.

Maintenant, l'ambiance était bien différente : nous avancions dans les ténèbres; les ventilateurs arrêtés laissaient stagner un air vicié et froid. Pour couronner le tout les hublots fermés et l'absence de nettoyage contribuaient à donner aux lieux l'aspect sinistre d'une caverne humide et silencieuse.

Je me mis à trembler.

– Ne vous effrayez pas si je tirais un coup de revolver, murmura Jennings d'une voix basse qui me glaça, bien qu'elle se voulût réconfortante. Le premier coup est chargé à blanc. Même s'il partait, par conséquent, rien à craindre.

– J'ai plutôt peur des cafards, dis-je en frissonnant, après avoir entrevu des formes noires qui s'enfuyaient sous nos pas.

Mais aussitôt, je m'aperçus que je mentais. Ce n'était pas les insectes qui m'inquiétaient. J'avais l'impression que nous étions suivis et, de plus en plus distinctement, à mesure que nous progressions, j'entendais de légers bruits dans le noir, assez loin derrière nous. Ce n'étaient ni la rumeur de la mer, ni les craquements du bateau. Je saisis la manche de Jennings.

– Ecoutez! dis-je dans un souffle. On dirait que quelqu'un essaye de pousser la porte que nous venons de franchir.

– Ce sont des rats, répondit-il.

Je ne pouvais voir son visage, mais il devait s'efforcer de sourire d'un air rassurant.

– Ce serait complet, murmurai-je comme nous continuions à avancer dans la pénombre.

Après un tournant de la coursive, le commissaire commença à diriger sa lampe électrique sur le numéro des cabines. Soudain, il s'arrêta.

– N° 213. Nous y voilà.

Il sortit une clé de sa poche et la tourna dans la serrure. La porte s'ouvrit.

Une âcre odeur de formol me prit au nez. Le cadavre avait été embaumé pour empêcher sa décomposition. A ce moment, Davy, je compris la véritable raison de ma terreur pendant le trajet : j'étais hantée par l'idée de la mort. Et maintenant, celle-ci était devenue tangible, nous envahissait, nous enveloppait tout entiers.

J'avais rassemblé tout mon courage pour suivre Jennings dans cet antre lugubre lorsque la porte se rabattit brusquement avec un claquement sec. Nous reculâmes. Pendant un moment, nous restâmes immobiles dans le corridor, muets et retenant notre souffle.

– Est-ce le bateau... ou bien.. est-ce quelque chose à l'intérieur? murmurai-je.

– Nous allons le savoir, grogna Jennings, les dents serrées.

Et, tenant son revolver de la main droite, il ouvrit la porte d'un coup de pied, cherchant de la main gauche le bouton électrique. Il y eut un déclic mais pas de lumière.

– Zut! Ils ont enlevé les ampoules, marmonna-t-il, tandis qu'il dirigeait la lueur de sa lampe vers le plafond et tout autour de la pièce. Ce doit être le roulis qui a fait retomber la porte. Il n'y a personne ici.

Appuyant un mouchoir sous mon nez, j'entrai à sa suite.

C'était une cabine assez grande pour contenir aisément six passagers. Mais une seule couchette était occupée, et malgré mes efforts pour l'éviter, mes yeux revenaient sans cesse à la forme rigide, étendue sous un drap blanc. Les autres couchettes étaient masquées par d'épais rideaux. Un à un nous les avons tirés. Il n'y avait rien derrière. Contre le hublot, les vagues venaient se briser, imprimant au bateau des secousses irrégulières.

Je remarquai qu'on avait attaché le cadavre au matelas pour l'empêcher de rouler sur le sol. Sage précaution... Tout à coup, une terrifiante histoire de fantôme, que j'avais lue, il y a bien longtemps, me revint à l'esprit. Et je me sentis peu à peu envahie par un étrange sentiment d'irréalité.

A ce moment, Jennings, qui inspectait une couchette, se redressa brusquement, prenant une attitude attentive. Lui aussi avait fini par entendre. Plus de doute... nous étions suivis. Et pas seulement par des rats... Les rats ne font pas ces bruits-là...

Les rats n'éternuent pas!

Car j'en étais sûre... quelqu'un venait d'éternuer dans la coursive!

D'un même bond, nous nous précipitâmes vers la porte, manquant de nous casser la tête au passage.

A peine eûmes-nous le temps d'apercevoir un éclair de lumière au détour de la coursive, et j'entrevis une silhouette blanche qui disparut aussitôt dans la direction d'où elle semblait venir.

– Attendez ici, me jeta Jennings, en se ruant vers l'intrus.

Pendant un moment, je demeurai clouée sur place, n'osant bouger d'un pas. J'avais laissé ma lampe dans la cabine et la coursive était noire comme un four. Le silence n'était troublé que par de légers grattements d'insectes et de souris, et le clapotis des vagues contre le hublot. Jennings avait disparu. Je restais seule, perdue dans les entrailles du *Moderna*.

C'est alors, Davy, que je commençai à céder à un sentiment de panique folle, insurmontable. J'ai déjà eu peur bien souvent, mais ce n'était rien en comparaison de cette sensation nouvelle d'abandon et de terreur impuissante.

Comme une automate, je rentrai dans la cabine, me sentant faiblir dans une lutte terrible pour chasser de mon esprit l'hypothèse monstrueuse qui s'y insinuait, terrifiante au point de me donner l'impression d'être plus en sûreté dans cette pièce lugubre, seule avec un cadavre, que dans la coursive...

Et si Jennings était justement Robinson!

S'il m'avait amenée ici, dans ce coin solitaire, pour me réserver le sort affreux de Betty Lambert, sans que personne puisse seulement entendre mes cris!

Au fond, il n'y avait aucune raison pour qu'il ne fût pas Robinson, comme n'importe qui à bord. Et dans mon imagination enfiévrée, je le voyais grimé, ses yeux bleu clair cachés par des lunettes à montures d'acier, et ses cheveux blonds devenus châtain foncé.

Ma première pensée fut de fuir, aussi loin que possible. Mais le souvenir du dédale des corridors, des détours innombrables me paralysait. J'imaginais ma course errante, aveugle... Je n'avais qu'à attendre... espérer...

En un sursaut, je dirigeai ma lumière sur la porte et poussai le verrou de l'intérieur. Non, je ne pouvais pas supporter l'idée qu'il rentre dans la cabine avant que je ne sois un peu calmée.

Tout cela dut prendre en réalité trois secondes. Je fis alors un effort considérable pour me ressaisir : je m'assis, tendant l'oreille, à l'affût d'un bruit de pas, priant que quelque chose, n'importe quoi, vienne enfin rompre cette solitude et le silence terrible que soulignait, à l'extérieur, le mugissement monotone de la mer.

Silence terrible? Solitude? A force d'écouter, je commençais à avoir des doutes. Quelque part... dans la cabine même, il me semblait maintenant que quelque chose bougeait. Entendais-je seulement les battements tumultueux de mon cœur? Etait-ce la fatigue de mes nerfs?

Ou, au contraire, la respiration contenue d'un être vivant... ou encore... – une idée nouvelle, extravagante, me traversa l'esprit – ... le cadavre?

Et si cette forme voilée sur le lit n'était pas le corps de Mr Lambert, mais...

D'une main tremblante, je dirigeai le faisceau de ma lampe électrique vers la couchette occupée. Pendant quelques secondes, je gardai les yeux fixés sur le linceul blanc. Malgré ma lumière vacillante, le drap ne présentait aucune ride, aucune ondulation. Il était immobile comme la mort.

Je voulais être sûre. Pourtant, je n'avais pas le courage de relever le drap pour regarder ce qu'il cachait. Mais j'avais des mains, je pouvais tâter, du moins, si je n'osais pas regarder.

Je posai ma lampe sur la table de toilette, le rayon lumineux braqué sur la forme raidie qui reposait sur le lit, et je traversai lentement la pièce. Mais, juste comme j'allais atteindre l'autre côté, Davy, le bateau se mit à rouler violemment pendant quelques secondes. Perdant l'équilibre, j'essayai de me cramponner au montant de la couchette. Aussitôt, il y eut un bruit de chute. La lampe électrique venait de tomber sur le sol et s'était éteinte.

La pièce était plongée dans une obscurité totale.

Je n'ai pas crié, Davy. Tâchant de me maîtriser, j'ai allongé le bras en cherchant à l'aveuglette un point d'appui. Et alors... alors, ma main a rencontré quelque chose de mou : un contact humain!

Dans l'obscurité, j'avais dû déplacer le linceul qui recouvrait le cadavre; ce que je tenais, c'était la main de Mr Lambert. Mais avant que j'aie eu le temps d'éprouver toute l'horreur de ce contact, les doigts – ces doigts que je croyais morts – se refermèrent lentement sur les miens. Ma main se trouvait prise dans une étreinte de fer!

Alors, Davy, j'ai cru que j'étais folle. J'ai ouvert la bouche pour crier, mais il n'en est sorti qu'un sanglot étouffé. J'ai tenté de me dégager, de me débattre; mes muscles refusaient d'obéir. J'eus l'impression que toute sensation s'abolissait, que mes jambes fondaient... Confusément, je pressentis que j'allais m'évanouir; qu'enfin un bienfaisant oubli allait m'anéantir...

Et je perdis connaissance.

Je ne saurai jamais au juste ce qui s'est passé ensuite : quand je repris mes sens, je me retrouvai seule, ici, étendue sur ma couchette, la porte fermée, mais pas verrouillée, naturellement. Mon premier geste fut pour tourner la clé, très posément. A peine était-ce fait que j'entendis... oh! Davy, ce souvenir me glace encore et m'empêche d'écrire... j'entendis la voix d'Adam Burr derrière ma porte, qui m'appelait. Bien qu'il se voulût calme et rassurant, il y avait quelque chose de faux dans son ton persuasif.

Aussitôt, Davy – est-ce que je perds la tête? – mes suspicions et mes craintes revinrent en force. Que pouvait-il faire à cette heure matinale? Je dus me mettre la main devant la bouche pour m'empêcher de hurler.

– Jennings est allé chercher une femme de chambre, poursuivit la voix. Ils vont revenir tout de suite. Est-ce que je peux...

– Non, non, criai-je en sanglotant presque. Je vous en supplie, allez-vous-en! je ne veux voir personne, personne. Je ne veux pas rouvrir ma porte cette nuit. Je ne peux pas...

Sa voix m'interrompit. Elle me parut étrange et lointaine; ou bien, étaient-ce mes oreilles qui s'assourdissaient de nouveau?

Il avait dû me poser une question que je n'avais pas entendue, car soudain, il m'appela vivement.

– Miss Llewellyn, miss Llewellyn! Est-ce que vous vous sentez bien, vraiment? Voulez-vous que j'appelle le Dr Somers?

– Non, non, répétai-je, laissez-moi seule, je vous en prie.

– Parfait, ma chère enfant, essayez de dormir un

peu. Personne ne viendra vous déranger, je vous le promets.

Quelques instants plus tard, il y eut un conciliabule derrière ma porte. Jennings et Trubshaw étaient revenus avec la femme de chambre. Mais je les assurai que je n'avais besoin de rien. Et je les entendis se disperser dans la coursive, en marchant sur la pointe des pieds.

Oui, Davy, ils sont bien repartis. Et pourtant pendant tout le temps que je viens de passer à vous écrire, des bruits de pas étouffés ont rôdé près de ma porte : une présence inconnue continue à hanter la coursive. Voilà pourquoi j'ai préféré rester là à vous écrire, au lieu de suivre l'avis d'Adam, et d'essayer de dormir.

Et maintenant, mon chéri, je vois par le hublot le jour qui commence à poindre. L'idée que le soleil va reparaître me rend mon aplomb. Depuis une demi-heure, les bruits de pas ont cessé. Je commence à retrouver une impression de sécurité, du moins derrière ma porte fermée.

J'éprouve un peu ce que j'ai éprouvé il y a trois semaines, en me réveillant après mon opération...

Demain, même, j'aurai peut-être le courage de rire de tout cela. Sur ce, je vous dis enfin bonsoir.

Sur le pont
11 heures du matin

Bonjour, Davy chéri! Quelle matinée divine! Le soleil est éclatant, et une foule insouciante, en costumes clairs et bariolés, s'agite gaîment sur le pont. Que je me sens donc loin des terreurs de la nuit dernière! Il me semble maintenant qu'il s'agit de choses irréelles, fantastiques et même un peu ridicules.

Vous voyez, je suis tout à fait retapée, physiquement et moralement. Le retour du soleil ramène la joie dans le cœur. De plus, ma curiosité est enfin satisfaite, et votre Mary est redevenue elle-même.

Mais je suis sûre que vous êtes impatient d'apprendre la suite, Davy; vous devez brûler de savoir ce qui s'est passé, après que j'eus perdu connaissance, et pourquoi Adam Burr, ayant déserté sa couchette aux premières lueurs du jour, s'était mis à jouer les plantons devant ma porte.

Eh bien! Jennings m'a tout raconté : et je suis bien vexée, maintenant, d'avoir manqué le moment le plus palpitant, à cause de cet évanouissement stupide!

Vers 9 heures, la femme de chambre m'a apporté du thé et des toasts. Je me suis habillée aussi vite que j'ai pu, car il me tardait de connaître les explications de Mr Jennings.

Je l'ai trouvé dans son bureau : il paraissait se ressentir bien plus que moi de nos aventures de la nuit dernière. Pourtant mon arrivée sembla le soulager un peu, surtout lorsque je lui appris que je me sentais en pleine forme. Je crus comprendre que je lui enlevais un grand poids de la conscience.

Quand je l'eus mis au courant de mes propres émotions (omettant, bien entendu, les soupçons absurdes que j'avais nourris à son égard), le commissaire me raconta à son tour ce qui lui était arrivé après s'être enfui comme un papillon nocturne à la poursuite de la lumière.

– Je ne me pardonnerai jamais, miss Llewellyn, dit-il avec franchise, de vous avoir laissée toute seule ainsi. Mais quand j'ai vu cette silhouette dans la coursive, j'ai pensé que nous venions enfin de tout découvrir. Et je me suis lancé dans une chasse éperdue. Par instants, j'entrevoyais dans un éclair une forme blanche qui fuyait devant moi; mais il m'était impossible de l'approcher assez pour l'identifier. Pas de doute, cet individu possédait la topographie du bateau à fond. Après une course folle, je finis tout de même par le bloquer dans une salle de bains inoccupée. Eh bien, vous ne devinerez jamais qui c'était!

– Je renonce à deviner quoi que ce soit, dis-je.

– C'était Trubshaw.

– Mon steward?

– Oui. Le malheureux était mort de peur. Il ne pouvait me donner les raisons de sa présence, protestant seulement qu'il avait agi dans votre intérêt. Cela me surprit un peu, comme vous le pensez; aussi l'ai-je ramené vers la cabine 213 pour qu'il se justifie devant vous. Je me demandais si vous ne lui aviez pas dit de vous suivre...

– Sûrement pas, m'écriai-je.

Mais me rappelant mes soupçons sur Jennings, je m'arrêtai net, attendant la suite.

– Vous pouvez imaginer mon étonnement lorsque, arrivé au 213, je trouvai la cabine fermée à clef. J'écoutai une minute ou deux, et puis, entendant du bruit à l'intérieur, je me mis à frapper de toutes mes forces, menaçant d'enfoncer la porte, si on ne l'ouvrait pas à l'instant. Je vous ai appelée, mais vous ne répondiez pas. La situation était terrible. Tout à coup, j'ai entendu une autre voix. Puis la porte s'ouvrit brusquement et je vis un homme qui vous portait dans ses bras.

– Quoi! Mais qui était-ce donc?

– Vous faites bien de le demander, miss Llewellyn, répondit Jennings avec un sourire malicieux. Je ne peux dire qui je m'attendais à voir; en tout cas, pas celui que j'ai vu : c'était Adam Burr! Son crâne chauve luisait à la lueur de ma lampe, et il semblait avoir toutes les peines du monde à s'extraire de la cabine, chargé de son précieux fardeau. Qu'il avait l'air cocasse dans sa robe de chambre à ramages!

– Mais qu'est-ce qu'il pouvait bien faire là? demandai-je d'un ton sceptique. Je n'ai jamais rien entendu d'aussi... d'aussi incongru! Moi, enfermée dans une cabine, en compagnie d'Adam Burr et d'un cadavre!

Le commissaire continua son récit. Trubshaw et lui m'avaient transportée, non sans peine, par toutes sortes de corridors et d'échelles à se rompre le cou. (Ils ont bien de la chance que j'aie encore cinq kilos à rattraper!)

– Mr Burr suivait, continua le commissaire, et...

A ce moment-là on frappa à la porte et Adam Burr entra, l'air bien vieilli...

– Nous parlions justement de vous, dit joyeusement Jennings. Peut-être pourrez-vous nous consacrer un instant pour nous raconter votre histoire?

Adam me jeta un regard angoissé.

– Je vois que vous n'êtes pas trop mal, dit-il d'une voix faible.

– Et qu'avez-vous à dire pour vous-même, Mr Burr? demandai-je d'un air espiègle. Qu'est-ce qui vous a pris de poursuivre ainsi une jeune fille d'un bout à l'autre du bateau et de l'enfermer dans une cabine vide?

Adam nous regarda alternativement d'un air gêné.

– Eh bien, dit-il enfin. Jennings a déjà tout entendu, mais... si vous insistez... c'est simple : depuis deux jours, miss Llewellyn, j'étais fort préoccupé sur votre compte. Vous m'évitiez, et il était évident que vous aviez une idée dans la tête. Hier, j'ai parlé de vous avec Trubshaw, votre steward. C'est à lui que j'avais affaire pendant ma précédente traversée. Aussi sommes-nous une paire d'amis. Il m'a parlé de la lettre anonyme que vous avez reçue. Bref, j'ai fini par lui promettre quelque chose... vous comprenez... quelque chose d'assez persuasif, s'il me renseignait sur vos faits et gestes. Voyez-vous, ajouta Adam en s'excusant presque, nous avons déjà perdu une jeune fille pendant ce voyage et... il se trouve, ma chère enfant, que je vous porte beaucoup d'affection. Mais je ne veux pas faire du sentiment. Hier soir, Trubshaw est venu me trouver et m'a mis au courant de votre projet... de cette expédition avec Jennings. Je lui ai offert...

Le commissaire eut un petit grognement de colère.

– Il entendra parler de moi, celui-là, dit-il.

– Oh! sûrement pas, répliqua Adam sur un ton très doux. Comme je vous l'ai dit hier soir, vous ne pouvez lui reprocher quoi que ce soit sans susciter des commentaires gênants pour vous, John Jennings. Il vous faudrait expliquer ce que vous faisiez, tout seul avec une jeune fille, à 2 heures et demie du matin dans des endroits aussi perdus. Et maintenant, ne m'interrompez plus.

Adam vint s'asseoir à côté de moi et continua :

– Alors, j'ai décidé de vous suivre. Trubshaw avait une lampe électrique et il connaissait bien le chemin. Pour être franc, je vous avouerai que mon plan avait un double but : d'abord, veiller sur vous, et, en même temps, être de la partie. Nous sommes ainsi arrivés jusqu'au tournant sans attirer votre attention. Mais alors que vous étiez dans la cabine, je n'ai pu contenir une irrésistible envie d'éternuer. Trubshaw, pris de panique, a fait demi-tour et s'est enfui, m'abandonnant dans l'obscurité la plus complète. J'ai alors dépassé le numéro 213, tandis que Jennings se ruait comme un fou dans l'autre direction, me laissant le champ libre pour me faufiler jusqu'à la porte de la cabine. Je voulais absolument voir ce qui s'y passait. Parvenu à l'intérieur, je me suis caché derrière un rideau. Quand vous êtes entrée, j'ai tout de suite senti que vous étiez dans un état d'énervement extrême, miss Llewellyn. C'est pourquoi j'ai décidé de ne pas trahir ma présence jusqu'au retour de Jennings; je ne voulais pas vous effrayer. Je pensais que vous alliez vous asseoir en attendant. Et tout s'est bien passé, jusqu'au moment où vous vous êtes dirigée vers moi. Alors, le bateau a eu une forte secousse, et votre lampe électrique a roulé à terre. Perdant l'équilibre, vous vous êtes agrippée à ma main. Je n'avais certes pas l'intention de vous faire peur, mais... enfin, je me suis retrouvé avec vous toute molle et froide dans mes bras, pendant que Jennings proférait derrière la porte les menaces les plus terribles.

– Eh bien, dis-je, vous êtes le seul homme qui m'ait jamais fait aussi peur. Mais je ne doute pas que vous n'ayez agi avec la meilleure intention du monde. Le chemin de l'enfer, n'est-ce pas...

– Exactement, dit Adam, et je crois que notre équipée de la nuit dernière nous donne un excellent échantillon de ce qui nous attend dans l'autre monde, si nous nous mêlons, dans celui-ci, de ce qui ne nous regarde pas. Et maintenant, tout est oublié et pardonné?

– Bien sûr!

Nous nous sommes tous serré la main, et Jennings, pour fêter cette réconciliation, sortit de son placard une carafe de vin d'Espagne. Nous convinmes qu'il valait mieux garder le silence sur les événements de la nuit dernière.

Comme Adam sortait avec moi du bureau du commissaire, il me dit à voix basse :

« Je n'ai pas dit à Jennings que c'était vous qui aviez fermé la porte. Mais je crois avoir deviné pour quelle raison...

– Oh! merci, murmurai-je avec reconnaissance. C'était absurde, une sorte de réflexe dans l'affolement du moment. Il est si gentil et...

– Miss Llewellyn!

Le commissaire me rappelait. Je priai Adam de m'attendre sur le pont. Revenue au bureau, je trouvais Jennings assis à la même place. Il avait un sourire au coin des lèvres.

– Peut-être vous êtes-vous étonnée que je ne me sois pas formalisée de l'extraordinaire conduite de Mr Burr, hier soir?

– Je ne m'étonne plus de rien sur ce bateau, rétorquai-je.

– Ne vous est-il jamais venu à l'idée, poursuivit-il, qu'Adam Burr, après tout, était peut-être un dangereux individu?

– Certes, j'y ai pensé; pourtant, j'incline à croire que c'est plutôt un brave type, dont le seul vice, bien inoffensif, est d'aimer un peu trop jouer à l'ange gardien.

Le sourire de Jennings s'élargit, puis il se mit à rire comme un fou.

Enfin, il expliqua d'un ton amusé :

– Vous savez, hier soir, j'ai bien failli le faire arrêter! J'étais très perplexe sur son compte. Mais pendant qu'avec Trubshaw nous vous transportions, et qu'il nous suivait tout penaud, dans son extraordinaire robe de chambre, je fis une découverte sensationnelle, prouvant de façon définitive qu'il n'avait rien d'un assassin. En me retournant, en effet, je vis que, par crainte des courants d'air, il avait mis un *bonnet de coton!*

Sur le pont
Mercredi, 18 novembre, 17 heures

Ainsi, mon chéri, ce brave Adam a regagné ma confiance. Et nos relations redeviennent ce qu'elles étaient les premiers jours. Moi, j'ai repris mon rôle de soupape de sûreté; et lui, celui de chaperon. Le bonnet de coton a tout arrangé...

Mais nous reviendrons à Adam plus tard.

Pour le moment, sachez que je suis allée rendre visite à Mrs Lambert après le déjeuner. Je l'ai trouvée beaucoup plus calme, et quand je suis entrée, elle était en conversation avec Earnshaw. Elle voulait offrir une forte récompense pour toute information susceptible d'aider à la découverte du criminel. Mais cette proposition n'a pas été acceptée par le commandant, qui semble peu soucieux de faire savoir aux passagers qu'un meurtrier se cache parmi eux. On commence à peine à se sentir un peu plus détendu à bord, depuis le début du voyage, et Fortescue a jugé inopportun de semer la panique avec une telle annonce.

Earnshaw, par contre, m'a paru déprimé et désorienté. Sa petite moustache, si soignée d'habitude, est maintenant mal taillée et en désordre. J'ai remarqué que Mrs Lambert le regardait avec inquiétude, comme si elle craignait qu'il n'envisageât une solution désespérée. Néanmoins, je l'ai trouvé étonnamment maître de lui en dépit de son air abattu.

Lorsque je me retirai, il fit quelques pas avec moi

dans la coursive. Je lui racontai alors mon aventure de la nuit dernière, sans lui faire part, naturellement, des soupçons qui m'étaient venus. Il m'écouta avec un profond intérêt. Quand j'eus fini, il me dit :

– Vous avez eu là une excellente idée, miss Llewellyn. J'ai moi-même passé bien du temps à la recherche de Robinson, mais je n'aurais jamais pensé à regarder dans cette cabine. Il y avait là une chance sérieuse de découvrir quelque chose; dommage que cela n'ait rien donné. Tout de même, je trouve la présence de Mr Burr sur les lieux bien étrange. Qui nous dit, après tout, que vous n'avez pas réussi!

– Mrs Lambert et vous, vous n'avez pas l'air d'aimer beaucoup Mr Burr? demandai-je naïvement.

– Oh! je n'ai rien contre lui, dit-il aussitôt, absolument rien. Evidemment, c'était le concurrent de Mr Lambert. Mais il m'avait toujours semblé inoffensif. Pourtant faites attention à vous. Quand je repense à ce qui est arrivé à Betty, je... J'espère que vous vous enfermez à clef la nuit?

– Toujours. Et le commandant fait garder ma porte. Vous n'avez rien à craindre pour moi, allez!

Il me tendit la main et, pour la première fois depuis la mort de Betty, il eut un sourire presque tendre, qui fit battre un peu mon cœur... Seulement un *tout petit peu*, je vous assure, mon chéri.

– C'est plutôt vous qui avez besoin de vous reposer, ajoutai-je; vous avez l'air épuisé.

Et je retirai ma main qui était restée dans la sienne.

Après cela, je suis remontée sur le pont où j'ai été bientôt rejointe par Adam qui arrivait, une fois de plus, avec tout un stock d'informations, comme un cargo qui rentre au port, les cales bourrées à craquer.

– Eh bien, m'avez-vous tout à fait pardonné? demanda-t-il. Vous ai-je enfin prouvé que, malgré mon crâne déplumé, rien ne m'est plus cher que votre sécurité? Si vous m'accordez votre confiance, je vous donnerai une nouvelle qui pourrait bien vous intéresser, car elle vous concerne en partie.

Naturellement, Davy, aucune femme au monde ne saurait résister à de tels propos. Je m'empressai donc de lui assurer que j'étais tout oreilles.

– Nous avons enfin quelques détails intéressants sur la mort de Betty. Pas de grandes révélations, bien sûr, mais enfin c'est toujours quelque chose. Je suis allé voir Jennings après le déjeuner, et je lui ai dit tout ce que j'avais sur le cœur à votre sujet. Vous savez, John Jennings et moi, nous sommes de vieux amis; et je ne lui ai pas caché qu'à mon sens, il avait fait une folie en vous emmenant ainsi, au milieu de la nuit, dans des endroits impossibles. Il y a des limites à la résistance féminine. Il a fini par m'avouer qu'il avait reçu des instructions du commandant lui-même pour vous laisser faire tout ce que vous voudriez. Et cela, parce que... parce qu'il se pourrait que vous soyez impliquée dans la mort de Betty.

Je bondis sur mon fauteuil.

– Impliquée! Où voulez-vous en venir? Je parlais avec Earnshaw au fumoir, quand la pauvre enfant...

– Mais non, mais non, je ne veux pas dire que vous soyez soupçonnée. Ce n'est pas cela du tout. Il faudrait un homme ou, du moins, une femme bien plus forte que vous : on ne vous imagine pas faisant passer par-dessus le bastingage une fille aussi solide que Betty. Mais voilà : il paraît qu'elle avait laissé une commission pour vous le soir de sa mort.

– Une commission pour moi? Je ne l'ai jamais su!

– Eh non! malheureusement. C'est vers 9 heures qu'on l'a donnée au steward, et vous n'êtes pas redescendue dans votre cabine.

– Mais pourquoi ne m'a-t-on rien dit? Cela me regarde tout de même un peu, cette commission pour moi!

– Ne soyez pas impatiente, ma chère. Je vais tout vous dire. Eh bien! d'après ce que m'a raconté Jennings, Trubshaw, qui est le steward des Lambert (en même temps que le vôtre), se trouvait à proximité de leurs cabines vers 20 h 15. Il a entendu qu'on discutait ferme à l'intérieur. Puis la porte s'est ouverte violemment et Betty est sortie en trombe, tout en larmes. Trubshaw n'a pu saisir que sa dernière phrase : « Vous pouvez dire tout ce que vous voudrez; je vais le faire! », ou quelque chose d'approchant. Le steward est très net sur ce point. Elle alla droit à sa cabine et ferma la porte. Environ trois quarts d'heure après, elle sonna Trubshaw. Celui-ci la découvrit étendue sur son lit dans le noir, la voix encore pleine de sanglots. Elle déclara alors qu'elle voulait vous voir dès que vous seriez de retour dans votre cabine. Et elle donna à Trubshaw un dollar en lui faisant promettre de ne souffler mot de tout cela à personne. Elle insista même pour qu'on vous priât de venir, quelle que fût l'heure de votre retour, car c'était *très urgent*. Quel dommage que vous n'ayez pas pu savoir de quoi il s'agissait. Pauvre petite! peut-être lui auriez-vous sauvé la vie. On ne l'a pas revue ensuite, sauf sa tante, à 11 heures, juste avant le meurtre.

– C'est affreux, m'écriai-je. Elle voulait sûrement

me demander de l'accompagner à son rendez-vous. Cela explique que Mrs Lambert ait été si inquiète, et soit montée la chercher. A ce propos, n'a-t-elle pas pu jeter quelque lumière sur la scène dont Trubshaw avait été témoin?

– Oh! Mrs Lambert a été bouleversée quand on a abordé le sujet. Elle se reproche de ne pas avoir tenté de comprendre ce que voulait dire sa nièce. Elle avait demandé à Betty ses intentions pour la soirée. Celle-ci lui avait répondu que, Earnshaw se trouvant occupé, elle comptait aller à un rendez-vous sur le pont. Mrs Lambert a cherché à savoir avec qui, et Betty a avoué que c'était avec un homme. Sa tante lui a fait remarquer plutôt sèchement que les circonstances n'étaient vraiment pas à se montrer en compagnie d'étrangers. Et, pour finir, assez maladroitement, elle lui a interdit d'y aller. C'est alors que Betty est sortie en claquant la porte.

– Mais cet homme? m'écriai-je.

– C'est bien là le hic! Betty n'a rien voulu révéler à son sujet; mais la lettre anonyme trouvée dans son sac nous a donné une explication partielle... Trop tard, hélas! Cependant Earnshaw était dans la pièce à ce moment, et il aurait pu, me semble-t-il, rester avec elle, au lieu de la laisser partir et aller ainsi se faire jeter par-dessus bord. J'ai toujours pensé que Earnshaw n'était qu'un gigolo...

– Un gigolo! m'écriai-je indignée. Comment aurait-il pu deviner le danger? D'ailleurs, il était trop occupé par les affaires de Mr Lambert pour s'absenter. C'est ce qu'il m'a dit lui-même.

– Mais cela ne l'a pas empêché de passer un long moment avec vous plus tard, le même soir.

– Allons donc! Il voulait seulement me dire deux mots de Betty. Il était terriblement amoureux d'elle, et il la croyait sans doute dans son lit. Vos soupçons sont stupides, Adam Burr. Vous êtes jaloux parce que Earnshaw est l'homme le plus séduisant à bord.

– Plus séduisant que Jennings dans son bel uniforme? Plus séduisant que le jeune homme pour qui vous écrivez ce journal? Plus séduisant que... que moi?

Que répondre à de telles absurdités? Je me contentai de regarder la mer en haussant les épaules.

– Et de plus, me souffla Adam à l'oreille, je suis porté à croire que la belle Mrs Lambert est de votre avis. Bien sûr, elle n'est plus tout à fait de la dernière couvée, mais, si vous excusez ces métaphores, on peut jouer encore de fort jolis airs sur un vieux violon. Et votre Earnshaw se montre bien empressé depuis qu'elle est devenue une riche veuve...

Je ne pus m'empêcher de rire. Vraiment, Davy, je crois qu'Adam est encore plus mauvaise langue que tante Caroline elle-même.

– J'ai honte pour vous! m'écriai-je. Sur le chapitre des cancans, Adam Burr, vous êtes plus redoutable qu'une concierge. Vous vous méfiez de Earnshaw, simplement parce que ses cheveux noirs et sa moustache lui donnent l'aspect du traître de la comédie italienne. Outre que Earnshaw avait un alibi parfait dans les deux cas, je vous rappellerai que le méchant, dans notre histoire, n'a pas de moustache, que ses cheveux sont châtains et qu'il porte des lunettes.

– Parfaitement raisonné, dit Adam, en reprenant son sérieux. Bien entendu, le commandant et Jennings inclinent à penser comme vous. Ils sont convaincus que Robinson est un personnage fictif, probablement un passager déguisé, et que lui, et lui seul, est responsable du double meurtre de Betty et de Mr Lambert.

J'eus un léger frisson.

– Autrement dit, chaque fois que je prends place à côté d'un homme, à table, sur le pont, au fumoir, mon voisin pourrait être Robinson... C'est charmant!

– Eh bien, répliqua Adam avec malice, il me reste à vous soumettre une idée qui va sûrement vous réconforter. Pourquoi ne pas transformer le bal costumé de ce soir en une « Robinson party »? Nous demanderions à tout le monde de se faire la tête de notre mystérieux héros; et nous décernerions un prix à celui qui lui ressemblerait le plus. Robinson gagnerait sûrement, comme Charlie Chaplin, quand il avait fallu imiter Charlot. A propos, en quoi vous déguiserez-vous?

– En journal. Aussi priez le ciel qu'il n'y ait pas de vent! Et maintenant, si vous n'avez plus rien d'important à me dire, je vais faire un somme pour me rattraper de la nuit dernière.

Adam gratta son crâne chauve.

– Vous n'allez pas dormir du tout, ma chère. Vous allez encore rédiger ce journal infernal. Que je me dépêche donc de vous apprendre une dernière nouvelle. Que dites-vous de celle-là : Mrs Clapp, l'inégalable Marcia Manners, a promis de donner un numéro ce soir. Mais, attention, pas un mot! Jennings me l'a confié en grand secret!

– Oh! quelle chance! dis-je en me levant. Si elle est comme autrefois, ce sera un vrai régal. A tout à l'heure, je vous retrouverai au dîner.

Je me suis échappée et, comme l'avait prévu Adam, je vous ai écrit tout cela, Davy chéri, alors que je devrais être en train de me reposer.

Mais il me reste un peu de temps pour faire une sieste. Allons-y!

Sur le pont
Jeudi, 19 novembre, 9 h 30 du matin

Comme je me suis sentie loin des angoisses que je viens de vivre, Davy, en contemplant la foule déguisée pour le bal, hier soir sur le pont. Toutes mes terreurs étaient bien oubliées! Après n'avoir vu pendant plusieurs jours que des expressions tristes et des mines allongées, ce fut un réel soulagement d'être entourée de visages gais et enjoués. Et le champagne qu'Adam offrit à notre table ne contribua pas peu à faire renaître la joie dans les esprits.

La décoration du bateau était magnifique et les autorités du bord s'étaient surpassées pour nous faire oublier les deux drames mystérieux qui, malgré tous leurs efforts, me reviennent encore à l'esprit.

Notre vieil ami Wolcott a enfin reparu après une longue indisposition. Il était déguisé en moine, ce qui convenait admirablement à son sourire onctueux et à son air de componction. Pendant le repas, il n'a cessé de répondre *Pax vobiscum* à toutes les remarques qu'on faisait, jusqu'au moment où Daphné, travestie en une admirable « Britannia », le menaça de le transpercer de son trident s'il le répétait encore une fois. Silvera, désireux de souligner son origine espagnole, était en toréador. Dans ses yeux brillait une flamme si altière et cruelle, que je ne pouvais m'empêcher de songer aux malheureux taureaux qui auraient pu lui tomber sous la main.

Le petit Daniels était en don Juan – à moins que ce ne soit en pirate. En tout cas, son déguisement ne parvenait qu'à la disproportion comique entre sa petite taille et la majestueuse stature de la « Britannia », sa voisine. Il voletait autour d'elle, comme une mère poule escortant fièrement le dindon qu'elle aurait couvé.

Je ne sais plus quel psychologue a dit que le choix d'un déguisement trahissait nos aspirations secrètes. Si cela est vrai, nous avons eu hier soir une véritable révélation : Adam Burr est apparu en homme des cavernes, hirsute, avec une énorme crinière sur sa tête chauve, un indéfinissable ornement pendant pudiquement devant son ventre, et ses jambes grêles couvertes de peinture. Il s'était mis dans la tête d'aborder toutes les jeunes femmes en leur disant : « Vous voyez, je suis Adam. Voulez-vous être ma petite Eve? »

Mrs Clapp avait son habituelle robe noire et toute simple, mais on nous laissa entendre qu'elle se changerait plus tard pour le numéro qu'elle avait promis.

Puisque vous vous intéressez toujours si gentiment à mes toilettes, mon chéri, il faut que je vous décrive mon costume. Il était très simple, et présentait l'avantage de me permettre de refuser toute danse, sans avoir à fournir trop de détails sur mon lamentable appendice. J'avais cousu ensemble plusieurs journaux sur de la tarlatane. Sur la tête, je portais un coquin de chapeau en forme d'encrier. Mon cou de cygne était orné d'un collier de stylos, et ma taille était ceinte d'un feston de petits nœuds faits avec le ruban d'une machine à écrire. Vous voyez d'ici le charmant tableau!

On dansait dans le grand salon et je me suis bien amusée en regardant les autres.

Quand on en eut assez de jeter des serpentins à la tête de ses amis, on fit une pause. Je me préparais à me risquer sur le pont malgré mon fragile costume, lorsque Jennings vint annoncer que miss Marcia Manners consentait à nous dire deux monologues. Tout le monde accourut dans la salle à manger où l'on avait dressé une scène de fortune. Adam m'avait retenu un siège au premier rang et nous attendîmes impatiemment l'apparition de Mrs Clapp qui, jadis, avait conquis l'Amérique entière.

A vrai dire, Davy, ce que nous entendîmes ne ressemblait guère à un monologue. La mimique de l'actrice était si expressive qu'on devinait sans effort les pensées et les paroles d'une multitude d'interlocuteurs imaginaires qu'elle faisait vivre avec elle sur la scène.

On lui fit une ovation extraordinaire. Ceux qui se rappelaient ses beaux jours, trépignaient avec tant d'enthousiasme que j'ai cru que le plancher allait s'écrouler et que nous allions être précipités à fond de cale.

Je restai émerveillée devant l'art avec lequel elle savait modifier son âge, sa voix et sa personnalité. Derrière moi, j'entendis une voix familière qui soupirait :

– Et dire qu'une telle artiste a fait la folie de quitter la scène pour épouser un Mr Clapp!

C'était Earnshaw. Ses yeux brillants ne quittaient pas la scène. Il portait ses vêtements ordinaires et n'était sorti de sa cabine que pour assister au numéro de Marcia Manners. Il était visible qu'il n'avait pas été déçu.

– Oh! Mr Earnshaw, dis-je, c'était sublime, n'est-ce pas! Je suis bien contente que vous n'ayez pas manqué cela. Et maintenant, si nous allions respirer un peu sur le pont avant que les danses ne reprennent? (Et me tournant vers Adam :) Je sais que vous mourez d'envie de danser; et je vois une petite blonde, là-bas, qui ne demande qu'à être invitée.

Earnshaw et moi sortîmes ensemble.

– Sublime! répéta-t-il, tandis que la brise rafraîchissait nos visages brûlants. Sublime est bien le mot qui convient. Et dire que je me figurais autrefois savoir jouer la comédie! Miss Llewellyn, c'est la première fois depuis deux jours que j'ai pu arriver à ne plus penser à Betty. Mais cette femme vous ferait oublier n'importe quoi.

Je lui lançai un sourire et m'assis sur un transat dans un grand bruit de papier froissé. Earnshaw souleva légèrement un coin de mon costume, regardant un feuillet de la rubrique financière.

– Ne vous alarmez pas si vous voyez que les cours sont en baisse. Ces journaux datent peut-être de plusieurs années. Je les ai pris au bureau avant de partir.

Il eut un sourire las.

– Vous êtes reporter, n'est-ce pas? demanda-t-il poliment, les yeux rivés sur la mer.

– J'aime mieux qu'on dise journaliste, mais j'espère que cette appellation plus classique n'enlève rien à mon charme!

– C'est vrai, je me rappelle. On m'a dit – je crois que c'est Jennings – que vous teniez un compte rendu de tout ce qui s'est passé jusqu'ici à propos de... de la mort de Mr Lambert... et...

– En effet, répondis-je, mais ce n'est pas un travail bien sérieux... Je prends des notes pour m'amuser et pour amuser un de mes amis; vous savez, celui dont je vous parlais l'autre soir.

« Amuser » était un mot malheureux, Davy. Mais Earnshaw ne s'en aperçut pas car il se rapprocha de moi en disant :

– Voyez-vous, miss Llewellyn, j'ai été si bouleversé ces derniers jours que j'ai du mal à rassembler mes esprits. Cependant pour expliquer ces deux crimes, j'ai une théorie qui ne me paraît pas invraisemblable. Et, jusqu'ici du moins, je ne vois rien qui vienne la contredire. Elle concerne le fils de Mr Lambert, celui qu'on croit en Amérique du Sud. Evidemment, je ne puis rien affirmer avant d'avoir contrôlé certains aspects de la question. Mais ne pourrions-nous pas, un jour ou l'autre, feuilleter ensemble votre journal? Il nous éclairerait sans doute dans cet ordre d'idées.

Je n'eus pas le loisir de répondre, Davy, car il se produisit alors quelque chose qui nous incita à nous taire, en retenant notre souffle. L'orchestre venait de s'arrêter, et un couple engagé dans une conversation animée s'était assis tout près de nous, caché à notre vue par une manche à air. La première phrase suffit à capter notre attention.

– C'en est trop, je ne puis plus supporter cela!

C'était la voix de Mrs Clapp. Elle semblait excédée.

Nous n'entendîmes malheureusement pas la réponse : elle émanait à coup sûr d'une voix peu familiarisée à remplir une grande salle de théâtre.

Mrs Clapp reprit :

– Mais, chéri (e?), je pensais que vous resteriez toujours auprès de moi. Quelles qu'aient été mes fautes passées, je n'imaginais pas qu'une chose pareille pût jamais nous séparer.

Malgré tous nos efforts, nous n'arrivions pas à identifier l'interlocuteur. Mrs Clapp continua :

– Vous êtes la seule personne à qui j'aie jamais tenu. La seule personne qui m'ait comprise au sujet d'Alfred et de tout ce que j'ai supporté avec lui. Vous seul (e?)...

Mais alors, l'orchestre se remit à jouer et nous ne pûmes en entendre davantage. Earnshaw s'était levé promptement, essayant d'apercevoir l'inconnu. Quand il revint, il me glissa à l'oreille :

– Je n'ai pas vu à qui elle parlait, mais cette conversation est très, très intéressante, miss Llewellyn. Car justement elle paraît cadrer avec la théorie à laquelle j'ai fait allusion tout à l'heure. Je pense que vous ne serez pas trop surprise d'apprendre que le jeune Lambert s'appelait Alfred!

– Et Mr Lambert aussi, répondis-je, tout en remarquant Adam qui s'avançait vers moi, balançant les bras à la manière d'un gorille.

– Il me faut mon cher petit journal, me cria-t-il de loin, sur un ton légèrement altéré par l'alcool, la véritable soupape de sûreté de l'homme primitif...

Earnshaw se retira en s'excusant. Je rentrai avec Adam, pour regarder pendant cinq minutes les gens danser, avant d'aller me coucher.

Mrs Clapp valsait avec Jennings. Elle avait gardé la robe en lamé argent qu'elle portait sur scène, et semblait avoir laissé son chagrin avec ses vêtements de deuil. Elle souriait gaîment à ceux qui lui lançaient au passage quelques mots de félicitations. On avait peine à imaginer que ce pût être la femme dont nous venions de surprendre les paroles quelques minutes plus tôt.

Daphné était assise à l'écart avec Daniels. Mr Wolcott quittait la salle et se dirigeait vers le fumoir en compagnie de trois hommes d'affaires qui avaient du mal à marcher droit. Silvera était invisible.

La soirée commençait à languir. Il faisait dans la salle une chaleur étouffante.

– Retournons un peu sur le pont, dis-je à Adam. Nous avons vraiment besoin d'air.

Nous remontâmes donc et allâmes occuper les deux transats que Earnshaw et moi avions abandonnés un peu plus tôt. Adam alluma une cigarette et nous restâmes ainsi à contempler le ciel étoilé. La mer était si calme que le bateau paraissait immobile.

– Nous devrions voir la Croix du Sud dans un jour ou deux, maintenant, remarqua Adam. Dimanche nous arrivons à Georgetown.

– Enfin! répondis-je. Ce sera un soulagement de pouvoir poser le pied quelques instants sur la terre ferme. J'en ai assez de me débattre dans ces histoires de morts violentes...

Je racontai ensuite à Adam la conversation qu'Earnshaw et moi venions de surprendre.

– Une minute, ma chère, s'écria-t-il quand je lui eus rapporté la dernière réplique de Mrs Clapp. Il y a un point que je dois vous préciser avant que vous n'alliez consigner tout cela dans votre journal. Le mari de Marcia Manners, le regretté Mr Clapp, s'appelait aussi Alfred, je puis le certifier.

– Oh, non! m'écriai-je. Il y a vraiment trop d'Alfred dans cette histoire, et quel nom affreux, pardessus le marché...

Je n'achevai pas ma phrase, Davy, car à ce moment deux personnes venaient de s'installer dans les fauteuils où s'étaient assis Mrs Clapp et son mystérieux compagnon. Vous imaginez quelle fut ma surprise quand je reconnus les voix de Daniels et de Wolcott. En effet, je les avais vus, peu de temps auparavant, en tout autre compagnie. Les deux ennemis discutaient avec animation.

Vous admettrez, je l'espère, cher Davy, qu'il y a des cas où l'indiscrétion est permise... en amour et dans les enquêtes criminelles, par exemple. Aussi Adam et moi avons-nous dressé l'oreille et écouté de toute notre attention. Par bonheur, l'orchestre jouait un tango langoureux.

C'était la voix de Wolcott qu'on entendait :

– Vous n'avez pas l'ombre d'un témoignage contre moi, Daniels, pas l'ombre. (Il paraissait très fier de son expression.)

– Ah! vous croyez ça? répliqua le petit Londonien d'un ton agressif. Eh bien, si je devais raconter tout ce que je sais sur vous, vous choisiriez sûrement le parti de suivre Betty par-dessus bord. Un mot de moi et les passagers vous mettraient en pièces.

– Vous exagérez, Daniels. (Même à distance, je pouvais percevoir un léger tremblement dans sa voix.) Vous savez très bien que vous ne pouvez rien faire, dans l'intérêt même de la Compagnie. Un scandale de ce genre ruinerait la réputation du bateau. Et elle n'est déjà pas brillante!

Il y eut une longue pause avant la réponse de Daniels.

– Vous avez raison. Je ne dirai rien, pour le moment du moins. En fait, je veux bien passer l'éponge, mais à une condition; et voilà la petite proposition que j'avais pensé vous faire. Ce n'est pas du très joli travail, mais enfin...

A ce moment, l'orchestre se remit à jouer plus fort, et je n'entendis plus que des bribes de leur conversation. C'était littéralement affolant, Davy, car je perçus distinctement mon nom à deux ou trois reprises. Puis ce fut la voix de Daniels qui dit :

– Elle a tout noté; même la partie de bridge. Il faut le faire, Wolcott, c'est le seul moyen.

Et celle de Wolcott :

– Trop dangereux, Daniels... miss Llewellyn... reporter... crime... horrible...

Puis nous n'entendîmes plus rien car la danse

était finie, et la foule affluait sur le pont. Adam et moi échangeâmes des regards interrogateurs, puis je consultai ma montre. Il était 23 h 30.

– Il est temps d'aller se coucher, dis-je. Bonsoir, Adam, je vous retrouverai pour que nous reparlions de cet imbroglio.

Je m'enfuis. J'étais trop épuisée pour examiner des nouvelles données.

Mais avant de me coucher, Davy, j'ai pris une décision que je viens de mettre à exécution. Il y a trop de gens qui s'intéressent à mon journal. Aussi depuis ce matin tous les feuillets reposent dans le coffre-fort du commandant. Et ils ne verront plus la lumière du jour avant notre arrivée à Georgetown, d'où je m'occuperai de vous les expédier. Ni Earnshaw, ni Adam, ni Jennings ne parviendront à les faire sortir de là. Je n'ai soufflé mot à personne de cette disposition, mais à mesure que je termine chaque lettre, je vais la confier au commandant Fortescue pour qu'il la mette à l'abri.

C'est comme ça, Davy chéri.

Sur le pont
Vendredi, 20 novembre, 14 h 30

En ce moment, Davy, j'ai terriblement besoin d'une présence féminine, d'une confidente à qui je puisse me livrer sans arrière-pensée. Ce « voyage de repos » va finir par me rendre folle. Comment est-il possible de vivre ainsi dans le soupçon et la méfiance?

Dans trois jours, nous serons à Georgetown. Alors Robinson s'évanouira dans la nature et les ombres de Mr Lambert et de Betty crieront vainement vengeance!

Mais pas de digression. Revenons aux faits que j'ai appris ce matin par Adam, notre infatigable détective.

Il m'a rapporté la thèse qui est celle des autorités du bord. D'après Jennings, la mort de Mr Lambert et de Betty est, sans aucun doute, imputable à Robinson, personnage créé de toutes pièces par un passager, ou un membre de l'équipage, dont les mobiles demeurent inconnus. On a adressé des messages radio à la police centrale de New York qui n'a pu, hélas, fournir aucune information sur la question. Pas d'espoir, par conséquent, de ce côté-là.

Les hypothèses concernant l'identité de Robinson sont si nombreuses qu'elles ne valent même pas la peine d'être examinées. Il y a plus de cent hommes sur le bateau, et je maintiens par contre – et cela me chiffonne un peu – qu' « il » pourrait aussi bien être une femme. Les deux personnes les plus suspectes sont à peu près les seules à ne pouvoir revêtir le personnage de Robinson. Je fais allusion, naturellement, à Daniels et à Wolcott dont la conversation d'hier soir nous intrigue toujours, Adam et moi.

Nous parlions de tout cela ce matin, dans le fumoir, quand justement, ils entrèrent, conversant comme de vieux amis. Ils commencèrent une partie de bridge avec deux autres passagers : un certain Mr Hirsch et un Mr Stutton qui n'ouvre jamais la bouche. Ils jouèrent pendant une demi-heure environ, puis Wolcott abandonna et quitta la pièce. Au bout de dix minutes, le bridge s'étant disloqué, il revint trouver Daniels et ils échangèrent quelques mots à voix basse. Après quoi, ils se dirigèrent vers le bar et invitèrent deux autres personnes. Notre curiosité étant à son comble, Adam et moi demandâmes la permission de rester à côté d'eux pour regarder les jeux. Daniels et Wolcott étaient partenaires, et je remarquai que, après le premier tour, ils s'arrangeaient pour rester ensemble.

La partie elle-même ne présentait rien d'extraordinaire. Une chose me frappa pourtant. Je me rappelle très nettement que le soir du meurtre de Mr Lambert, Wolcott avait déclaré que seule la psychologie du bridge avait pour lui quelque intérêt. Et maintenant, je découvrais qu'il jouait d'une façon remarquable, bien mieux que le petit Daniels. Celui-ci, en effet, faisait tant de fautes que, presque à chaque carte, son partenaire agitait sa petite barbiche blanche en retenant une exclamation réprobative.

– A quel taux jouez-vous? demanda Adam au moment où Daniels venait de manquer un petit chelem et de perdre plusieurs centaines de points.

Wolcott eut un sourire onctueux.

– J'ai toujours préféré jouer pour l'honneur, dit-il. Le bridge est un jeu trop noble pour qu'on le monnaye.

Après avoir suivi la partie pendant encore quelques instants, nous remontâmes sur le pont. Et là, tandis que les passagers se livraient à leurs matches de tennis et de shuffle-board, je repassai dans ma tête les événements de ces jours-ci.

De qui pouvait bien parler Mrs Clapp, hier soir? Et avec qui? Quel secret y a-t-il entre Daniels et Wolcott? Que savent-ils exactement? Et pourquoi sont-ils devenus soudain si bons amis et si passionnés de bridge?

Et pourquoi tout le monde s'intéresse-t-il donc tant à mon journal?

Et puis, il y a Daphné. N'est-ce qu'une Anglaise

comme il y en a tant, à l'âme simple et au geste décidé qui convient à une infirmière diplômée? Ou bien, comme le prétend Adam, plutôt une sorte de harpie qu'on préférerait ne jamais avoir à son chevet?

Tel fut le sujet de nos méditations, tandis que nous avions, Adam et moi, les yeux perdus vers l'horizon infini de l'Océan.

Puis nous allâmes déjeuner.

Dans ma cabine
Vendredi, 20 novembre, 18 h 30

Pendant que j'étais à table, le steward m'a apporté un message : « *Mrs Lambert prie miss Llewellyn de venir prendre le thé avec elle cet après-midi...* etc. » Naturellement, j'ai répondu que j'en serais charmée, et je me suis présentée chez elle à 4 heures et demie.

J'ai hésité un instant à la porte en voyant que le Dr Somers et l'infirmière étaient là; ce fut Earnshaw qui me fit entrer.

Mrs Lambert était allongée dans son petit salon, habillée d'une robe noire très seyante. Ses cheveux étaient soigneusement coiffés, mais elle n'était pas maquillée. Elle paraissait bien son âge, sinon plus. Par ailleurs, les trois ou quatre kilos qu'elle a perdus depuis l'embarquement ont plutôt amélioré sa ligne.

– Eh bien, miss Llewellyn, dit le Dr Somers, d'un ton réconfortant, comment trouvez-vous notre malade aujourd'hui?

Je pris la main de Mrs Lambert et lui dis combien j'étais heureuse de la voir levée. L'infirmière, une jeune femme alerte, me sourit comme si je lui adressais un compliment personnel.

– Oui, oui, continua le médecin, et je renvoie l'infirmière maintenant. Nous n'avons plus besoin d'elle. De l'air et beaucoup de nourriture dorénavant, Mrs Lambert. Voilà ma dernière prescription.

La veuve eut un faible sourire. Le docteur se tourna alors vers Earnshaw dont les joues pâles contrastaient avec le teint bronzé du médecin du bord.

– Et pour vous, Mr Earnshaw, les mêmes recommandations. Tâchez de prendre quelque repos et de vous distraire. Jouez au tennis, au shuffle-board, au bridge, et essayez d'oublier vos préoccupations. Je parle sérieusement, mon vieux; vous n'avez pas l'air bien.

Earnshaw promit de se préoccuper un peu plus de sa santé, puis on apporta le thé. Le docteur refusa d'en prendre et quand l'infirmière eut rassemblé ses affaires, ils se retirèrent tous les deux. L'atmosphère de la pièce se refroidit un peu, quand nous fûmes privés de leur gaieté professionnelle. D'abord, personne ne parla, mais quand Trubshaw eut passé les tasses, notre hôtesse fit de son mieux pour être polie. J'admirais ses efforts et les manières charmantes de Earnshaw. Tout cela, cependant, ne parvenait pas à me faire oublier les épreuves terribles par lesquelles ils étaient passés la semaine précédente.

Earnshaw, le premier, attaqua le sujet qui hantait l'esprit de chacun.

– Miss Llewellyn, dit-il, je vous ai dit hier au soir, que depuis le début, j'ai ma petite opinion sur la mort de Mr Lambert et de Betty. Je n'en ai encore soufflé mot à personne, mais puisque Mrs Lambert va beaucoup mieux aujourd'hui, j'ai décidé d'en parler devant elle. Elle m'a permis...

– J'ai permis, interrompit Mrs Lambert, qu'il vous raconte cela, mais à une condition. Vous m'excuserez cette allusion à votre profession; mais vous êtes journaliste, et il y a certains détails intimes que je ne voudrais pas voir étalés au grand jour. Par respect pour la mémoire de mon mari. Je suis sûre que vous me comprendrez.

– Naturellement, répondis-je avec empressement, je considère tout cela comme confidentiel. Seulement, si l'hypothèse dont Mr Earnshaw parlait à l'instant peut aider à résoudre le terrible mystère de la mort de votre mari, ne croyez-vous pas, Mrs Lambert, qu'il serait préférable d'en faire part au commandant? C'est un homme charmant, et si discret!

Mrs Lambert passa la main sur son front d'un geste las.

– Vous nous aiderez à décider ce qui vaut le mieux, dit-elle. Mais quand vous aurez entendu Mr Earnshaw, vous reconnaîtrez sûrement que ce genre de confidence doit, autant que possible, rester dans la famille.

– Oui, mais alors pourquoi...

– Je sais ce que vous allez dire, ma chère petite, mais vous avez été si bonne pour nous pendant cette terrible épreuve! Et puis j'ai le sentiment que vous pouvez nous être utile. Jimmie m'a parlé d'un journal, d'une sorte de compte rendu que vous tenez.

J'inclinai la tête sans répondre. Alors la voix d'Earnshaw s'éleva de nouveau.

– Miss Llewellyn, dit-il gravement, Mrs Lambert avait raison de dire qu'il s'agissait d'une affaire délicate. Je vais tâcher d'être bref, mais je suis cependant obligé de remonter un peu loin, si vous le permettez.

Il m'offrit une cigarette et je me préparai à écouter.

– Vous savez, naturellement, que Mr Lambert était remarié. Sa première femme était une certaine miss Felicia Manners, la propre sœur de Mrs Clapp qui est à notre table. Elle avait à peu près le même âge que Mr Lambert. Depuis dix ans, elle souffrait d'une ostéite vertébrable qui la retenait presque constamment dans sa chambre. Mr Lambert a été très bon, très attentionné pour elle. Mais par bien des côtés, voyez-vous, c'était un homme jeune, plein de vie, aimant sortir, faire du sport, bref, se dépenser de corps et d'esprit. Bien des gens lui reprochaient de négliger sa femme invalide. Et surtout, parmi ceux-ci, son fils, Alfred. J'ai souvent entendu Mr Lambert se plaindre que le visage de son fils était comme la voix de sa conscience. Je n'ai jamais vu ce garçon, aussi ne saurais-je dire jusqu'à quel point leurs propos respectifs étaient justifiés. En fait, je n'ai connu Mr Lambert que veuf, et, à ce moment-là, Alfred était déjà parti à l'étranger.

Arrivé à ce point, Earnshaw se leva pour jeter sa cigarette par le hublot. Je devinai que nous étions maintenant à la partie la plus délicate de son histoire. Quand il reprit son récit, ses yeux restèrent fixés sur Mrs Lambert, qui, allongée dans son fauteuil, cachait son visage dans ses mains.

– Pensez-en ce que vous voudrez, miss Llewellyn, mais l'intérêt que Mr Lambert portait au théâtre prit un tour extrêmement pratique. Il finança deux comédies de New York qui eurent beaucoup de succès. Je pense qu'il fit alors une bonne affaire, bien qu'à ce sujet tout le monde ne soit pas d'accord. Et c'est à l'occasion de ses transactions dans les milieux artistiques qu'il fit la connaissance de l'actuelle Mrs Lambert. Il... il... entreprit de l'aider...

A ce moment, Mrs Lambert se redressa sur son siège et me regarda bien en face.

– Entre femmes, miss Llewellyn, je peux vous affirmer qu'il n'y avait rien entre nous, alors, que de l'amitié. Si vous voulez la vérité totale, je crois bien que Mr Lambert commença à s'intéresser à moi avant la mort de sa première femme, mais je n'acceptai rien de lui, je veux dire rien que je n'eusse le droit d'accepter. J'obtins un ou deux rôles dans ses différentes productions, mais il fallait que je gagne ma vie tout comme une autre. Il admirait mon travail. Il n'y avait aucune raison pour que son fils nous reprochât notre amitié.

A tort ou à raison, Davy, je suis persuadée qu'elle disait la vérité. Autrement, pourquoi m'aurait-elle donné tous ces détails? Les infidélités du pauvre Mr Lambert ne pouvaient guère me concerner.

– Ce qu'il y a de certain, continua Earnshaw, c'est que Mr Lambert eut des discussions très pénibles avec son fils. Avant même que son père se remariât, le jeune Alfred déclara qu'il ne voulait plus avoir aucun rapport avec lui. Il quitta la maison paternelle pour aller vivre à Paris avec sa tante, Marcia Manners. Quand elle fit ce mariage ridicule avec Clapp, camarade de son neveu, et à peu près du même âge que lui (Clapp, soit dit en passant, est mort l'année dernière tuberculeux), Alfred Lambert, dégoûté, partit s'installer en Amérique du Sud. On est resté sans nouvelles depuis lors. Du moins Mr Lambert, car je ne sais ce qu'il en est pour Mrs Clapp.

Ici, Mrs Lambert s'interposa :

– Vous pouvez me croire, miss Llewellyn, si je

vous dis que j'ai fait tout mon possible pour réconcilier le père et le fils. Je poussais mon mari à écrire, à envoyer de l'argent. Il lui offrit même une pension importante, mais toutes les lettres étaient retournées avec la mention « Inconnu ». Le jeune homme ne cédait pas d'un pouce. Il m'est revenu qu'il parlait de moi, même après mon mariage, comme de « la femme qui vit avec son père ». Un des associés de mon mari l'a rencontré, il n'y a pas très longtemps, en Argentine, et nous a dit qu'il gardait contre son père une rancune tenace.

Earnshaw alluma une autre cigarette et se tourna vers moi.

– Vous commencez peut-être à pressentir mes soupçons, miss Llewellyn, et vous voyez du moins pourquoi ce n'est pas une chose qu'on peut raconter aux autorités du bord. Mais il y a encore un point important à vous faire connaître. (Il tira quelques papiers d'un tiroir.) Voici un exemplaire du testament de Mr Lambert. L'original est chez son notaire, à New York. Il contient des dispositions très intéressantes. L'essentiel de son avoir revient à sa femme. Alfred n'est pas mentionné. Mais à la mort de Mrs Lambert, les biens passeront au plus proche parent portant le nom de Lambert. C'est le père de Betty, l'unique frère de Mr Lambert, qui est l'exécuteur testamentaire. Il est vieux et n'a pas de fils, alors voyez-vous où je veux en venir? Si Mrs Lambert venait à mourir, Alfred récupérerait toute la fortune.

Mrs Lambert poussa un petit cri.

– Vous ne devriez pas dire cela, Jimmie. Vous ne devriez pas même le penser. Je suis sûre qu'il est incapable d'une chose aussi affreuse. Et puis, nous ne sommes même pas certains qu'il soit encore vivant.

– Ne savez-vous rien sur lui? demandai-je.
– Rien, dit Earnshaw, et ce qu'il y a de curieux, c'est que ni Mrs Lambert ni moi ne l'avons jamais vu. Mais rappelez-vous ceci : il y a, ou il y avait trois personnes sur le bateau qui connaissaient Alfred. La première était son père; la seconde, Mrs Clapp, et la troisième (je saisis une lueur farouche dans ses yeux), était la pauvre petite Betty!
– Oh, non! m'écriai-je. Si votre supposition était exacte, elle apporterait donc l'explication de ce qui me semble le plus monstrueux dans cette affaire : le meurtre de Betty...
Earnshaw serra les dents.
– Exactement, murmura-t-il (je remarquai que ses poings étaient crispés). Et il y a encore une chose que tout le monde a oubliée, ou alors totalement négligée. Mrs Lambert affirme que le cherry qu'on lui apporta le soir où fut empoisonné son mari, n'était pas normal. Alfred Lambert – je répugne à penser une chose pareille – n'aurait-il pas tenté, sous le pseudonyme de Robinson, de se débarrasser de deux personnes à la fois? Il ne faut pas oublier qu'il y avait *deux* obstacles, entre la fortune de Mr Lambert et lui!
– Mais alors, m'écriai-je, Mrs Lambert est en danger! Oh! je ne dis pas cela pour vous effrayer, m'empressai-je d'ajouter, comme la pauvre veuve s'agitait, mal à l'aise sur sa chaise.
– Vous avez tout à fait raison, continua Earnshaw. Nous pousserons un soupir de soulagement en arrivant à Georgetown. Mais en attendant, il faut réagir. Supposons, miss Llewellyn, pour aller jusqu'au bout de notre argumentation, qu'Alfred Lambert se soit glissé sur ce bateau, sous le déguisement de Robinson : il tourne autour de nous jus-

qu'à ce qu'on l'invite à jouer au bridge. Il tient le poison tout prêt. Il en verse un peu dans le verre de son père et un peu dans celui de Mrs Lambert...

– Cela aurait été difficile, interrompis-je, je ne me souviens pas qu'il ait bougé de la table de bridge.

– Voilà justement en quoi vous pouvez nous aider! s'écria Earnshaw avec enthousiasme. J'ai bien pensé que vous aviez noté les mouvements de toutes les personnes pendant cette soirée. Votre journal nous éclairerait sûrement sur ces points-là.

– Je n'en suis pas certaine, dis-je en hésitant. Je n'ai noté que ce que je me rappelais. Et puis, mon compte rendu se présente plutôt... comme une suite de lettres personnelles.

Je venais tout à coup de penser, Davy, que j'avais donné un peu trop franchement toutes sortes d'appréciations sur le ménage Lambert, et que certaines réflexions n'étaient pas toujours très gentilles pour cette pauvre Betty elle-même.

Il m'était absolument impossible de leur confier tout cela. Et je n'étais pas assez sûre de moi-même pour le leur lire à haute voix, en l'expurgeant au fur et à mesure des détails scabreux.

– Je serai heureuse de répondre de mon mieux à vos questions, dis-je enfin. Mais d'abord, je désirerais que vous alliez plus loin dans votre hypothèse, spécialement en ce qui concerne Betty.

– Mais naturellement, dit Earnshaw. Voici donc comment, d'après ma théorie, tout cela peut s'expliquer. Le jeune Lambert a réussi à tuer son père. Et tout le monde pense – du moins l'espère-t-il – que Mr Lambert a été empoisonné pendant la *seconde* partie, pour laquelle il avait un alibi parfait. Il abandonne alors le déguisement de Robinson et en prend un autre; ou encore il reste caché quelque part dans le bateau. A partir de ce moment, nous ne pouvons plus que faire travailler notre imagination. Supposons qu'il ait rencontré Betty par hasard et qu'elle l'ait reconnu. Peut-être est-il passager, ou membre de l'équipage. Il entrevoit immédiatement le danger. Betty ne peut manquer de comprendre et c'en est fait de lui. Il écrit alors une lettre anonyme pour lui fixer un rendez-vous.

Earnshaw s'arrêta un moment pour s'éclaircir la voix. Puis il reprit d'un ton rauque :

– Mrs Lambert est montée la chercher pendant que nous étions, vous et moi, en train de causer dans le fumoir. Elle l'a vue parler avec un homme, qu'elle a ensuite reconnu : C'était Robinson. Le jeune Lambert sentit que sa situation était désespérée. Peut-être même Betty lui a-t-elle dit qu'elle raconterait tout ce qu'elle savait. En tout cas, il lui fallait agir vite, avant qu'on ne le découvrît. Et alors, il passa à l'action.

La voix de Earnshaw se brisa et il y eut un long silence. Nous pensions tous à cette nuit terrible où un hurlement résonna sur la mer.

– Mais que pouvons-nous faire? m'écriai-je à la fin.

– Avant tout, protéger Mrs Lambert, répliqua Earnshaw, ayant repris son sang-froid. Si ma théorie est juste, elle est maintenant la seule personne qui fasse obstacle à Alfred Lambert pour s'emparer de la fortune de son père. Il a assassiné, il est plus désespéré que jamais, et...

– Oui, bien sûr, approuvai-je, mais si ni vous ni Mrs Lambert ne l'avez jamais vu, comment pourrons-nous l'identifier? N'avez-vous pas au moins une photo, n'importe quoi?

Earnshaw secoua la tête :

– Hélas! non. Mais rappelez-vous que Mrs Clapp le connaît bien. Quelqu'un pourrait la questionner, avec toute la discrétion voulue. Comme vous le savez, elle s'est brouillée avec Mr Lambert quand il s'est remarié. Elle n'est même pas venue porter à sa veuve un mot de sympathie ou de regret. Mrs Lambert et moi ne pourrions pas aborder avec elle un sujet aussi délicat. Je crois qu'elle a un caractère difficile. A la fois primesautier et violent, comme beaucoup d'artistes... Mais il semble que vous lui plaisiez. Et je me demande si, à vous, il ne serait pas possible...

Je réfléchis profondément avant de répondre.

– Je verrai ce que je peux faire, dis-je enfin, mais il faudra être très prudent. N'oublions pas que Mrs Clapp est la tante de Lambert, et, si je comprends bien, qu'elle l'aime beaucoup.

– Et puis, continua Earnshaw, j'avais espéré tirer quelque chose de votre journal. Betty aurait pu, par exemple, vous donner un renseignement... je ne sais pas... n'importe quoi qui pourrait nous éclairer sur l'identité de Robinson.

– Je n'ai pas besoin de consulter mes notes pour répondre à cela, répliquai-je. Betty était très réticente avec moi. Cependant, elle m'a parlé une fois d'Alfred Lambert; mais d'après ce qu'elle m'en a dit, j'avais compris qu'il dirigeait un ranch en Argentine.

– Oui, en principe, soupira Mrs Lambert.

Décidément, j'étais tout à fait séduite par l'explication de Earnshaw. Elle me semblait la seule hypothèse constructive qu'on ait envisagée jusque-là.

– Mais ne savons-nous rien de Lambert? demandai-je; son âge, sa taille, enfin un détail qui puisse nous guider?

– Eh bien, répondit Earnshaw, nous savons qu'il a plus de vingt-cinq ans et moins de trente. Et d'après ce que Betty m'a dit un jour, je crois qu'il doit être blond. Mais il y a probablement cinquante jeunes gens sur le bateau qui répondent à ce signalement :

– D'après ce que je me rappelle de Robinson, il devait être plus vieux, répondis-je. J'aurais dit : entre trente et quarante.

– On ne peut pas savoir. N'oublions pas qu'Alfred a vécu dans un ranch. Sans compter qu'en se grimant, on peut paraître l'âge qu'on veut. Je ne l'ai jamais vu moi-même, mais...

– Robinson m'avait paru avoir dans les trente ans, dit Mrs Lambert d'un ton pensif. Il m'a tourné le dos presque tout le temps, mais je me rappelle avoir été frappée par son aspect solide et bien portant, comme quelqu'un qui aurait passé toute sa vie au grand air.

Nous avons discuté encore quelque temps, et finalement, il a été décidé que cette conversation resterait secrète. Les autorités du bord n'en seront pas informées pour le moment. Je dois sonder Mrs Clapp aussitôt que possible, avec toute la diplomatie nécessaire, et tâcher de me rendre compte de ce qu'elle sait sur le jeune Lambert. Je n'ai pas l'espoir d'en apprendre très long, car elle est trop fine pour se laisser berner. Enfin, je vais faire tout ce que je pourrai. Mais je reste un peu sceptique quant au résultat de ma démarche.

Après avoir encore protesté de tout le tact et la discrétion que je comptais apporter dans ma mission, je me suis retirée, et j'ai couché tout cela sur le papier aussi vite que possible.

Voilà donc où nous en sommes, Davy chéri. Finalement, nous n'avons guère avancé. Qui est Robinson? Et qui sait s'il ne va pas continuer à semer la mort avant qu'on ne parvienne à le découvrir?

Dans ma cabine
Vendredi, 20 novembre, 22 h 30

Quelle soirée, Davy!

Il me faudrait plusieurs heures pour tout vous raconter.

Cela a commencé après le dîner. Je me promenais tranquillement sur le pont, seule, en pensant pour une fois à des choses gaies. L'heure était délicieuse. Les Lambert, mes craintes, mes soupçons, tout cela devenait confus et je ne me préoccupais plus que du jour prochain de notre mariage...

Soudain, j'eus l'impression que quelqu'un était derrière moi.

Je me retournai et me trouvai face à face avec le señor Silvera. Il avait l'air si triste, si perdu, que je me proposai de l'égayer avec un peu de conversation en espagnol. Je me mis donc en devoir de lui expliquer, à grand-peine, que la soirée était charmante, que la mer était calme et que nous serions à Georgetown dans quelques jours.

– *Muy bien*, dit-il poliment. Madémoiselle causé bien. Nous causérons ensemble.

Ne soyez pas jaloux, mon chéri, si je vous dis qu'il est bien le plus jeune et le plus séduisant de tous les présidents de conseil d'administration que j'aie eu l'honneur de rencontrer. Il est aussi très intelligent, bien que ses propos sentent à plein nez le « Manuel de Conversation espagnole ». Il allait, j'en suis sûre, m'informer que la lune était ronde et que le bateau faisait beaucoup de fumée, lorsque Daniels et Wolcott vinrent me chercher pour faire un bridge.

J'ai demandé à Silvera s'il voulait être mon partenaire. Il a accepté avec joie. Nous sommes donc tous partis pour le fumoir où nous nous mîmes à jouer sans plus attendre. Les cartes étaient à peine distribuées lorsque Adam entra et prit place à côté de moi. Connaissant les principes de Wolcott, nous décidâmes que Daniels serait seul à régler la partie vis-à-vis de Silvera et de moi-même, au taux modique d'un quart de centime le point. Wolcott s'obstina un instant à refuser de jouer de l'argent même dans ces conditions mais il finit par céder sur l'instance du petit Londonien.

D'abord, tout alla bien. J'avais du jeu et Silvera se montrait, par monosyllabes, d'une galanterie magnifique, chaque fois que je faisais mon contrat. Quant à Wolcott, il s'affirmait un bridgeur hors pair. Aussi, dès que la chance se fut un peu tournée de son côté, Daniels et lui rattrapèrent-ils rapidement leurs pertes et commencèrent-ils à gagner. L'humeur de Silvera se ressentait fâcheusement de ce revers de fortune, et il ne cessait de prendre Adam à témoin de sa malchance. A l'expression indifférente de nos adversaires, il était visible qu'ils ne comprenaient pas l'espagnol.

Et nous arrivons à l'endroit passionnant, Davy chéri. Retenez votre souffle, et lisez très attentivement ce qui suit.

Nos adversaires venaient de gagner une partie et nos places étaient ainsi disposées :

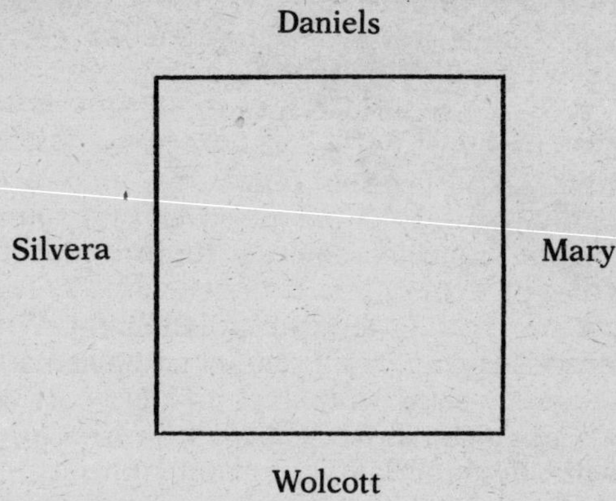

Wolcott donna des cartes et demanda un pique. J'avais un jeu lamentable : rien que le roi de carreau et la dame de trèfle. Silvera demanda alors deux carreaux et Daniels soutint les piques de Wolcott. Finalement, Wolcott alla à quatre piques et Silvera les contra, tandis que Daniels et moi, passions.

Je suivais ce coup d'un œil distrait, lorsque soudain je lus une expression de surprise sur la figure d'Adam. Il regarda les jeux l'un après l'autre, puis se gratta le menton avec tant de vigueur que je pensai qu'il allait s'écorcher la peau.

J'étais si intriguée par le manège d'Adam que je ne remarquai pas tout de suite l'attitude de Silvera. C'était à lui de jouer, et tout le monde attendait. Mais au lieu de regarder ses cartes, il les posa sur la table, et lança à Wolcott un regard d'une incroyable férocité. Ses yeux brillaient comme ceux d'un tigre et sa lèvre supérieure s'était relevée comme pour mordre.

Il y eut un moment de silence inquiet, à peine rompu par le bruit des pas d'Adam allant avec précaution vers la porte qu'il ferma à double tour. Sam Bumstead, le steward, n'était pas là. Les autres passagers jouaient dans le grand salon. Nous étions seuls tous les cinq dans le fumoir.

Alors, en un clin d'œil, je vis Silvera lever la main et l'abattre sur le poignet gauche du pauvre vieux Wolcott. Un deuxième jeu de cartes absolument semblable au nôtre venait de tomber par terre, jonchant le plancher.

Silvera tenait toujours le poignet de Wolcott comme dans un étau. Mais celui-ci ne bronchait pas; il contemplait avec stupéfaction les cartes qui gisaient à ses pieds. Silvera se pencha vers lui : des gouttes de sueur perlaient sur son front.

Alors, Davy, j'eus une énorme surprise : Silvera qui jusqu'ici n'avait parlé qu'en un mélange d'espagnol et de portugais, ou par simples monosyllabes – et avec quel accent! – déversa tout à coup un flot de paroles... dans un anglais d'une correction presque parfaite!

– Ah! ah! c'est bien ça! Voilà donc que vous trichez, Wolcott! Il me semblait bien vous avoir vu cacher un jeu de cartes. Et j'ai trouvé étrange que la chance ait tourné aussi subitement. Votre insistance de ces jours derniers pour jouer avec Mr Daniels – bridgeur médiocre, tout au plus – était pour le moins suspecte. Vous êtes un misérable, monsieur! Je vais aviser les autorités du bord. Je vais...

Il n'y avait absolument aucun doute, Davy, Wolcott avait un paquet de cartes caché dans sa manche; mais qu'on triche dans une partie où justement on a tant insisté pour ne pas jouer d'argent, cela me dépassait. Le vieux Wolcott regardait Silvera d'un œil effaré, mais sans un mot de protestation. Au contraire, je l'entendis murmurer d'une voix étranglée :

– Je vous disais bien que c'était dangereux, Daniels.

Cette remarque sembla enflammer encore Silvera, sa voix prit un accent suraigu et si menaçant que je redoutai de sa part quelque acte de violence. Ce fut Adam qui sauva finalement la situation; et je me rendis compte qu'il était doué d'une vigueur et d'une force de caractère qu'on ne lui soupçonnait pas à première vue.

Se tournant vers Silvera, il l'apostropha en portugais. Je devinais à peu près le sens de ses paroles. Il savait, disait-il, très exactement qui il était, lui, Silvera. Il connaissait aussi le but de son voyage à Rio, et son espoir de se voir adjuger le marché de travaux publics dans le port. Burr poursuivait le même objectif, mais il n'avait pas besoin pour y parvenir de recourir à un subterfuge ridicule. Maintenant, que Silvera veuille bien oublier ce regrettable incident, et Adam s'engageait à ce que nous oubliions tous son extraordinaire amnésie de la langue anglaise, et tous les écarts de conduite qu'elle l'avait amené à faire depuis le début de la traversée.

Silvera avait d'abord écouté Adam avec une stupéfaction évidente. Puis, petit à petit, je vis le rouge lui monter au visage; sa voix était frémissante quand il reprit en espagnol :

– Il n'y a rien de déshonorant à voyager comme je le fais, Mr Burr. S'il me plaît de garder mon anglais pour moi pendant le voyage et d'affecter de parler espagnol plutôt que portugais, cela me regarde entièrement.

Adam le scruta un instant.

– Naturellement, señor. Vous ne teniez pas à ce que Mr Lambert sût qui vous étiez. Je comprends ça très bien. Et puisque vous aviez la malchance de vous trouver à notre table, vous ne pouviez guère employer d'autre moyen pour vous dissimuler. Ayant pris votre parti d'ignorer l'anglais, vous étiez obligé de garder la même attitude jusqu'au bout.

– Cela me regarde, répéta Silvera avec colère.

– Mais cette digue à construire me regarde aussi, répliqua Adam. Un câble à Rio, un petit mot sur vos agissements...

Il fit un geste évasif.

La colère s'éteignit dans les yeux du Brésilien. Il se tourna vers Wolcott.

– C'est bien, j'oublierai, dit-il sèchement.

Puis il se leva, s'escrima un instant sur la porte fermée à clef et quitta la pièce d'un pas rageur.

Plusieurs personnes en profitèrent alors pour pénétrer dans le fumoir. Daniels, Wolcott et moi étions restés à nous regarder stupidement comme des mannequins de cire dans une devanture. Tout cela avait été si rapide et surtout si totalement imprévu que nous eûmes du mal à nous ressaisir. A la fin, Wolcott se baissa et entreprit lentement de ramasser ses cartes. Adam lança un sourire malicieux à Daniels.

– Je pense que tout ira bien, du moins en ce qui concerne Silvera, dit-il d'un ton bref.

– Adam, vous qui savez tant de choses et paraissez avoir tant d'influence sur les décisions des autres, lui demandai-je à voix basse, allez-vous maintenant me dire ce que cela signifie? Ou bien allez-vous acheter mon silence comme celui de Silvera? S'il y a une victime dans cette tricherie, c'est moi : j'ai perdu près de quarante centimes et...

– Mr Daniels va nous expliquer cela à tous les deux, dit Adam, cependant qu'une grosse dame s'approchait de notre table avec l'intention évidente de se proposer pour remplacer le Brésilien.

Daniels fit un signe de tête.

– Venez avec moi dans le bureau du commissaire, dit-il sans prendre garde à la nouvelle arrivante.

– Je tiens à reconstituer les jeux et à les garder, remarqua Adam en relevant soigneusement les cartes.

– Je ne suis pas fâchée d'avoir mélangé le mien, dis-je. Il ne valait pas grand-chose.

Wolcott restait rivé sur son siège. Il paraissait vieilli et hébété. Adam et moi suivîmes Daniels dans le bureau du commissaire qui était justement inoccupé. Dès que la porte fut fermée chacun alluma une cigarette.

– Eh bien! dit de sa voix aiguë le petit Londonien, que voulez-vous savoir? (Il nous jeta un regard plein de fierté.) Je vous fais mes excuses pour moi-même et pour Wolcott.

Adam prit un air sévère.

– Ce ne sont pas des excuses qu'il nous faut, Daniels, ce sont des explications. J'aimerais que vous me disiez pourquoi les jeux, dans cette dernière donne, étaient exactement les mêmes que le soir où Mr Lambert a été assassiné : exactement tels, si je ne me trompe, que miss Llewellyn les a recopiés dans son journal.

Et Adam étala les cartes sur le bureau.

– Regardez, Mary. Vous n'avez pas votre journal sous la main, mais vous avez bonne mémoire. Ce jeu ne vous est-il pas familier?

C'était rigoureusement exact, Davy; je n'ai pas encore consulté mes notes, mais j'en suis sûre. J'avais les cartes que tenait Daniels pendant la partie fatale. Wolcott avait le jeu de Mr Lambert, et Silvera les cartes et la place de... Robinson! Sans aucun doute, c'était la même donne. Mais je ne pouvais affirmer qu'elle ait été jouée d'une manière identique.

Cette découverte m'électrisa. Tout venait de se dérouler devant mes yeux, sans que jusqu'ici je me sois doutée de rien. Au fumoir, j'étais trop sidérée; je ne pensais qu'à une chose : pourvu que personne n'ait de revolver à portée de la main! Adam, avantagé par sa position de spectateur, avait immédiatement compris. Réalisant qu'une telle coïncidence ne pouvait être le fruit du hasard, il avait sauvé la situation, du moins pour Silvera. Et maintenant, il était bien décidé à ne pas laisser Wolcott et Daniels s'en sortir aussi aisément.

Mais Daniels ne semblait pas troublé le moins du monde; ses petits yeux clignotaient, et il arborait un magnifique sourire.

– Eh bien, dit-il en nous regardant l'un après l'autre d'un air amusé, maintenant que vous avez, c'est le cas de le dire, abattu votre jeu, Mr Burr, je pense que c'est mon tour d'en faire autant. Pardonnez-moi l'expression, mademoiselle, mais je dois admettre que vous m'avez bien eu. Il ne me reste plus qu'à avouer, je crois : c'est moi qui ai copié les deux jeux dans le journal de miss Llewellyn, le jour où elle l'a laissé si négligemment dans le salon. Tout ce que je puis ajouter, c'est que je l'ai fait avec les meilleures intentions.

– Mr Daniels, dis-je toute pâle de colère, voilà bien la chose la plus insolente que j'aie entendue de ma vie... De quel droit avez-vous lu une correspondance personnelle? Et d'abord, qui êtes-vous?

A ce moment la porte s'ouvrit et Jennings entra. Il parut surpris de nous trouver en conférence dans son bureau.

– Mr Jennings, dit le petit Daniels de sa voix de fausset, ces deux-là ont percé mon jeu. Et maintenant, ils me demandent qui je suis! Voulez-vous me rendre le service de le leur dire? Oui, oui, continua-t-il comme Jennings semblait hésitant, vous pouvez leur révéler la vérité.

Je m'attendais à tout. Mais sûrement pas à entendre ceci :

– Mr Daniels, reprit Jennings calmement, est détective privé. Il travaille pour notre compagnie depuis cinq ans. Auparavant, il était à Scotland Yard. C'est pour des raisons professionnelles qu'il se trouve sur ce bateau. Bien qu'il ait toujours été pour nous un collaborateur fidèle et apprécié, il a voyagé incognito parce que... enfin, je ferais peut-être mieux de lui laisser expliquer cela lui-même.

Je restai bouche bée. Le si comique Daniels, ex-détective de Scotland Yard! C'était incroyable.

– Vous paraissez surprise, miss Llewellyn, dit le petit *cockney*. Un journaliste américain ne devrait s'étonner de rien. Oui, je suis réellement détective, bien que je ne réponde pas tout à fait, peut-être, au type que l'on décrit dans les romans. Le commandant Fortescue tenait beaucoup à ce que je garde l'anonymat, parce que de nombreux tricheurs professionnels sévissent sur cette ligne sud-américaine. La dernière fois que le *Moderna* est allé de New York à Rio, une personne s'est suicidée dans des circonstances très suspectes. C'était un jeune homme. Il avait été durement étrillé quelques jours avant...

– Et Wolcott? demanda Adam.

– Je l'ai repéré du premier coup, répondit Daniels avec un sourire satisfait. Quelqu'un avait pourtant dû lui souffler de se méfier de moi, car il a toujours refusé de toucher une carte jusqu'au soir du bal costumé. Il a dû croire alors que j'étais... euh... occupé ailleurs, car il attira deux des plus riches passagers dans une partie. Ils se préparaient à jouer à cinq centimes le point, lorsque je l'ai appelé pour l'entraîner dehors : j'avais eu une idée...

– Mais quel rapport tout cela a-t-il avec le meurtre de Mr Lambert et de Betty? demandai-je avec impatience. La solution de ce mystère est tout de même plus importante que l'arrestation d'un vieux tricheur...

Daniels me regarda les yeux mi-clos avec un sourire entendu.

– Naturellement, miss Llewellyn, dit-il gravement. J'ai concentré toute mon attention, pendant cette traversée, sur l'affaire Lambert. Je m'en suis même plus occupé, si j'ose dire, que Mr Burr et vous réunis. Et je puis ajouter : avec aussi peu de succès. Le commandant a pensé que j'aurais plus de facilités pour réussir en restant ainsi mêlé aux passagers. Je reconnais que je n'ai pas abouti à grand-chose, mais les détails que contenait votre journal m'ont aidé considérablement, à divers points de vue...

– Mon journal! Alors, c'était donc vous qui étiez ce jour-là derrière le rideau dans la cabine du commandant?

Il fit un signe d'assentiment.

– Peut-être ferais-je mieux de m'excuser, miss Llewellyn. Mais je voudrais aussi vous exprimer mon admiration, si vous le permettez, pour la manière si claire dont...

– Mais vous n'aviez pas le droit, intervint Adam, de prendre connaissance du journal de miss Llewellyn dans le salon, sans sa permission. C'est indigne d'un gentleman et...

– Je l'admets, dit le petit *cockney* d'un air piteux, mais je suis sûr que miss Llewellyn voudra bien me pardonner quand elle connaîtra mes raisons. Le procédé est indélicat, je vous l'accorde, mais je ne pouvais m'embarrasser de principes. Nous étions tous à la recherche de Robinson. Aucun de nous ne se rappelle exactement son signalement. Il n'avait rien de caractéristique. Mais il y a une chose que j'avais retenue : c'est qu'il joue au bridge « comme un pied ». Encore plus mal que moi!

Daniels s'arrêta comme s'il attendait des applaudissements. Nous le regardions tous, impassibles.

– Eh bien, Mr Burr, continua-t-il, un homme peut déguiser sa voix, sa silhouette et ses manières, mais il est bien improbable qu'il songe à dissimuler sa manière de jouer au bridge. C'est pourquoi j'ai voulu mettre Robinson, si possible, en face d'un jeu de bridge. Avec les même cartes, il est vraisemblable qu'il commettrait les mêmes fautes. Mais vous devinez à quelles difficultés je me heurtais. Je ne suis pas magicien. Je ne suis même pas expert au bridge. C'est alors que la chance me fournit l'occasion que j'espérais.

– Wolcott! m'écriai-je très surexcitée.

– Nous y voilà! Je le surpris au moment où il entamait une partie à un taux très élevé. Je sais bien des choses sur lui; cela m'aida à le persuader! A contrecœur, il finit par se décider à mettre ses talents de tricheur au service de la bonne cause. Nous avons étudié, ensemble, les jeux que vous aviez relevés : il n'y avait, conclut-il, dans les deux cas, qu'une possibilité d'erreur. Et Robinson a commis cette erreur à chaque fois. Wolcott a donc préparé deux paquets de cartes et nous avons expérimenté nos deux coups sur tous les gens qui nous tombaient sous la main. Nous voulions voir si quelqu'un jouerait le valet de trèfle comme Robinson. Silvera était notre dernière victime. Malheureusement, Wolcott ne devait pas être très en forme, il a dû faire une maladresse. A moins que le Brésilien n'ait la vue particulièrement perçante.

– Mais ne croyez-vous pas que Robinson pourrait reconnaître les jeux? demanda Adam, qui semblait littéralement fasciné par l'exposé de Daniels.

Le détective secoua la tête.

– Si Robinson a vraiment assassiné Mr Lambert, dit-il judicieusement, il avait bien d'autres choses en tête, ce soir-là. Par contre, il n'est pas impossible que, machinalement, il commette les mêmes fautes.

– Et personne n'est encore tombé dans le piège? demanda Adam toujours passionné.

– Non, personne jusqu'ici. Nous n'avons pas encore eu l'occasion d'éprouver beaucoup de monde; mais nous espérons mettre à profit le tournoi de demain. Le seul ennui, c'est que chaque homme doit jouer avec une femme, et qu'il m'est difficile, dans ces conditions, de servir de partenaire à Wolcott.

– Oh! laissez-moi vous seconder! m'écriai-je. Je trouve votre idée merveilleuse. L'expérience ne sera peut-être pas concluante, bien sûr, mais elle vous aidera à mettre hors de cause un certain nombre de personnes.

Adam me lança un sourire paternel qui peu à peu se chargea de sévérité.

– Non, Mary, dit-il, c'est dangereux. Et si Wolcott était de nouveau découvert, vous seriez entraînée dans une vilaine affaire. Je vais vous suggérer quelque chose de plus raisonnable. Daniels va s'arranger pour que vous soyez la partenaire de Wolcott, puis, juste avant le début du tournoi, vous vous retirerez en disant que vous êtes prise subitement d'une migraine terrible. Je suppose que Jennings pourra manœuvrer pour que Daniels prenne votre place.

Le commissaire approuva.

– Il est vrai que pour ce tournoi nous manquons un peu de femmes, remarqua-t-il en allumant sa pipe.

– Mais alors, il faudra que je retourne dans ma cabine et je ne verrai rien, dis-je dépitée. Enfin, je suis prête à faire tout ce que vous voudrez pour vous aider.

La proposition de Burr fut acceptée avec enthousiasme. En attendant, Daniels et lui vont s'occuper d'attirer le plus de gens possible, hommes ou femmes, susceptibles d'être Robinson. De mon côté, j'irai de groupe en groupe, conseillant à tout le monde de participer au tournoi. Si Robinson est un passager de première classe, il aura donc bien peu de chance de passer à côté de nos filets.

Je n'ai pas besoin de vous dire, Davy, que ma soirée s'est trouvée terriblement occupée. Je n'ai donc pas eu une minute pour entreprendre Mrs Clapp au sujet d'Alfred Lambert. Et comme j'ai une rude journée en perspective pour demain je ferai mieux de vous dire bonsoir tout de suite, mon chéri.

Sur le pont
Samedi, 21 novembre, midi

Nous voici maintenant dans la zone tropicale, Davy, on ne peut plus en douter. Ces jours derniers il faisait chaud, mais aujourd'hui, la température est torride.

Tout de suite après le petit déjeuner, je pensai qu'il était temps de tenir ma promesse, et je décidai d'aller interviewer Mrs Clapp. Ne la voyant pas sur le pont, je me suis rendue vers 10 heures dans la cabine qu'elle occupe avec sa compagne. Entendant dire quelque chose comme « Entrez! », j'ai ouvert la porte. J'avais dû faire erreur, Davy, car ni l'une ni l'autre n'avait certainement, à ce moment-là, l'intention de me voir, pas plus que n'importe qui d'ailleurs.

Mrs Clapp était allongée sur son lit, vêtue d'un peignoir mauve, et, manifestement hors d'elle. Debout près du hublot, Daphné pleurait. Je dis qu'elle pleurait : en réalité, elle poussait des grognements qui rappelaient plutôt le barrissement d'un éléphant en proie à une rage de dents. C'est sans doute ce que j'avais pris pour une invitation à entrer dans la pièce.

J'allais m'excuser, et battre précipitamment en retraite, quand Mrs Clapp se redressa sur sa couche et me dit sur un ton autoritaire :

– Restez, miss Llewellyn... Restez ici et tâchez de ramener Daphné à la raison. Pour ma part, j'y renonce. Miss Demarest vient de m'annoncer qu'elle a l'intention de se marier, et à Georgetown, par-dessus le marché !

Daphné sortit un mouchoir tout trempé de larmes.

– Eh bien ! mais voilà qui est charmant, dis-je assez maladroitement. Il s'agit de Mr Daniels, n'est-ce pas ? Je vous souhaite tout le bonheur possible, Daphné.

– Tout le bonheur possible ! Miss Llewellyn ! Comment pouvez-vous parler de bonheur quand la petite-fille d'un comte épouse un Londonien de rien du tout ! Mr Daniels n'a même pas voulu avouer sa profession, si seulement il en a une !

– Je puis vous assurer, Mrs Clapp, dis-je en étouffant mon envie de rire, qu'il a une profession très honorable. Peut-être même plus honorable que la mienne...

– Je ne veux savoir ni qui il est ni ce qu'il fait, dit fièrement Daphné. Je l'aime, voilà tout.

Et elle sortit en claquant la porte. Il ne serait pas dit que Mrs Clapp aurait le monopole de la colère!

Quand elle fut partie, je fus invitée très aimablement à m'asseoir pour bavarder un peu. Il fut naturellement question de Daphné pendant quelques minutes. Mrs Clapp estimait qu'elle avait tort de se jeter ainsi sur une piètre occasion, et qu'à son avis elle était capable de mériter l'attention de bien des hommes plus intéressants et mieux assortis.

Puis je m'arrangeai pour diriger la conversation sur les hommes en général, et les jeunes gens au teint bronzé en particulier. Mrs Clapp avait retrouvé sa bonne humeur. Brusquement, je lançai une pointe :

– Il y a un homme sur le bateau, Mrs Clapp, qui me rappelle tout à fait votre neveu Alfred Lambert. Je l'ai rencontré il n'y a pas longtemps, ajoutai-je le plus naturellement que je pus. Et je me demandais si par hasard...

– Alfred sur ce bateau? (Elle était devenue très pâle.) C'est tout à fait impossible! Il est en Argentine. Mais comment pouvez-vous bien le connaître?

Je fis une réponse évasive. Mais les yeux de Mrs Clapp me scrutaient maintenant d'une manière si attentive qu'elle avait, j'en étais sûre, percé mon petit stratagème. S'efforçant d'adopter un ton neutre, elle continua :

– En parlant d'Alfred, vous venez de me rappeler que je devrais aller voir Mrs Lambert. Après tout, nous sommes apparentées. Elle est la belle-mère d'Alfred bien qu'il ne veuille pas l'admettre, et moi je suis sa tante. Je ne lui ai même pas encore porté mon témoignage de sympathie. Elle sait bien, il est vrai, que je considère la disparition du vieux Lambert comme un bon débarras. Et ce n'est pas la peine que cette pauvre idiote me prenne maintenant pour une hypocrite.

– Pauvre idiote? Pourquoi l'appelez-vous ainsi? Elle me plaît beaucoup.

– Oh! je sais qu'elle est fort séduisante, ma chère, mais c'est la plus mauvaise actrice que je connaisse. Et son vieil imbécile de mari lui donnait toujours les premiers rôles dans ses spectacles. C'était un vrai scandale. Peu importe, d'ailleurs. Mais, dites-moi, qu'est devenu le beau jeune homme qui était le secrétaire de son mari? Celui qui ressemblait à Ramon Novarro... Oui, j'irai sûrement la voir.

– Ce serait très gentil de votre part, dis-je. Et vous arriverez sûrement, vous, à remonter le pauvre Mr Earnshaw. La mort de Betty l'a bouleversé. Depuis ce moment, je ne l'ai vu qu'une seule fois reprendre un peu goût à la vie : c'était le soir de votre représentation. Il a une grande admiration pour vous.

– Oui, oui, c'est une bonne idée, dit-elle d'un air rêveur. Je devrais aller voir Mrs Lambert. Et je vais me remettre en noir. Avez-vous vu ce petit modèle de chez Lelong? Il est parfait.

Nous avons continué à causer quelques instants. Mais elle se dérobait à toute tentative de ma part pour aiguiller à nouveau la conversation sur le jeune Lambert.

Je me suis retirée sans avoir appris grand-chose, mais j'aurai du moins donné à Mrs Lambert et à Earnshaw une chance de continuer eux-mêmes leur enquête sur le mystérieux Alfred.

Au fait, j'allais oublier de vous dire la grande nouvelle : Mrs Clapp m'a offert de prendre la place de Daphné, si le mariage se faisait vraiment à Georgetown. J'ai dû lui faire part de certains autres projets auxquels vous n'ignorez pas, Davy, que vous êtes intimement mêlé. Nous avons fini par décider que j'écrirai sa biographie la prochaine fois qu'elle irait à New York. Et ce sera sûrement intéressant, avec une femme dont la vie a été si mouvementée et qui est à la fois sentimentale et intelligente...

Dans ma cabine
Samedi, 21 novembre, 18 h 30

Je pense, Davy, que vous commencez à être aussi las que moi de toutes ces hypothèses. Chacun a la sienne, et elles sont toutes différentes les unes des autres. Je suis la seule à ne pas en proposer. D'ailleurs, je me sens tellement perdue dans cette multitude de suggestions, que je ne saurais en faire moi-même. Bref, chacun se méfie de son voisin, et personne, selon moi, n'est au-dessus de tout soupçon. Malheureusement, il y a moins de preuves que de suspects...

Et maintenant, au risque de vous ennuyer encore, il faut que je vous mette au courant de la théorie d'Adam, car elle paraît très ingénieuse, elle aussi. Cet après-midi, sur le pont, nous avons échangé nos derniers renseignements. La conversation était la seule distraction possible par une telle chaleur.

Je lui ai donc raconté ma visite à Mrs Lambert, avant de lui donner un compte rendu un peu emphatique et humoristique de mon entrevue matinale avec Mrs Clapp et Daphné. Il m'écouta très attentivement comme s'il confrontait mes paroles avec ses propres pensées.

Quand j'eus fini, il resta un instant silencieux, puis il finit par dire :

– Voyez-vous, Mary, depuis quelques jours il

m'est venu une idée tout à fait fantastique que je n'ai osé confier à personne, pas même à vous, qui êtes une véritable tigresse lorsqu'il s'agit de défendre votre sexe.

– Que vient faire mon sexe dans cette histoire?

– N'avez-vous rien remarqué de curieux dans le comportement de deux passagers? Non? Laissez-moi le glisser à votre petite oreille ingénue. Vous avez déjà été amoureuse, je suppose?

– J'admire votre perspicacité, Adam, répondis-je, mais nous ne sommes pas ici pour parler d'amour.

Adam soupira :

– Hélas! non. Comme vous le savez, deux de nos compagnons sont sur le point de faire une grande bêtise... je veux dire de se marier! Suivez-moi bien. (Après une courte pause, il reprit :) Daniels est détective. Il s'embarque sur ce bateau et les apparences semblent prouver qu'il tombe follement amoureux d'une Anglaise démesurée. Or, celle-ci est sans le sou; et vous me permettrez de trouver discutable son genre de beauté. De quelle manière Daniels fait-il sa cour? Des billets doux qu'elle montre à qui veut les voir; des boîtes de chocolats si grosses qu'elles ne peuvent échapper à personne; des compliments si confidentiels que tout le monde les entend. Mais qui de nous les a jamais surpris à soupirer tendrement au clair de lune? Qui donc les a vus en train de s'éclipser discrètement ensemble? Personne.

Je protestai :

– Est-ce que cela ne montre pas au contraire qu'il s'agit de bien plus qu'un simple flirt? Et puis, le pauvre petit Daniels a bien trop à faire pour trouver le temps d'aller soupirer au clair de lune!

– Et il y a aussi Mrs Clapp, continua Adam sans

tenir compte de mon interruption. Pourquoi fait-elle tout ce tapage à propos du soupirant de Daphné, comme s'il avait tenté de lui dérober un bibelot précieux? Pourquoi insiste-t-elle tant sur les autres partis qu'elle pourrait trouver? Eh bien, c'est très simple : je ne suis pas persuadé que Daphné soit réellement une femme; et j'incline à croire que Daniels ne le pense pas non plus. (Il se leva et se mit à arpenter le pont avec nervosité.) Maintenant, continua-t-il, revenons à la thèse de Earnshaw qui rejoint admirablement la mienne. Il soupçonne le jeune Alfred Lambert d'être sur le bateau. Il prétend que celui-ci était en bons termes avec Mrs Clapp, sa tante. Voyez-vous maintenant où je veux en venir? Comprenez-vous pourquoi Daniels affecte, contre toute vraisemblance, de s'intéresser à une femme qui est deux fois plus grande que lui?

– Oui, oui, je vois ce que vous voulez dire, m'écriai-je. Mais un point très important de psychologie féminine vous échappe encore, Adam Burr. Vous êtes...

Dans ma cabine, plus tard

Ma phrase a été interrompue par une chose terrible, Davy, et qui enlève tout intérêt à mes considérations sur la psychologie féminine.

Ma main tremble encore si fort que mon écriture, vous le voyez, est presque illisible. Mais rassurez-vous, mon chéri; maintenant, je suis solidement barricadée dans ma cabine; un planton au visage rébarbatif veille devant ma porte, dans le corridor. Et je suis encore en vie, saine et sauve. C'est déjà beaucoup.

J'étais sur le point de terminer ma lettre; il était environ 7 heures. J'étais très pressée car il me fallait encore m'habiller pour aller dîner. Et, comme d'habitude, assise au pied de ma couchette, mon bloc sur les genoux, je tournais le dos à la porte. Le bateau était presque immobile. Soudain, j'entendis un léger bruit derrière ma tête. Au même moment, je me rappelai avec un frisson glacé que j'avais oublié de pousser le verrou. Sans oser bouger, je levai les yeux sur la glace, au-dessus de ma table de toilette. Et malgré le mauvais éclairage de ma cabine, je vis que la porte était en train de s'ouvrir lentement!

Stupéfaite et terrorisée, je restai clouée sur place. Derrière moi, la porte continuait à s'ouvrir silencieusement... Le bruit des machines, et même le clapotis des vagues contre le hublot semblaient s'être arrêtés, comme figés, eux aussi, dans l'attente d'un événement terrible.

Une sonnette se trouvait à la tête de mon lit : elle était hors de ma portée. De toute façon, je n'aurais pas osé bouger le petit doigt; il n'était pas question d'allonger le bras pour l'atteindre. Et puis une force mystérieuse, une curiosité instinctive, plus puissante que la peur, me conseillait de garder la plus complète immobilité. Malgré moi, je brûlais de savoir qui pouvait bien s'introduire dans ma cabine. Ces considérations l'emportèrent sur l'instinct de conservation.

Je gardais les yeux fixés sur le miroir, fascinée. Dans l'ouverture de la porte qui s'agrandissait peu à peu, je ne voyais encore que le contour sombre de la cabine d'en face. Et soudain, la forme d'un visage se réfléchit sur la glace : un visage qui était collé contre la porte et semblait aux aguets. Il devenait de plus en plus distinct; et enfin...

Davy, à ce souvenir, la tête me tourne, et mon cœur bat à se rompre.

Dans le miroir, nettement, *je reconnus... Robinson*!

Malgré la demi-obscurité, malgré mon émoi, il n'y avait pas à s'y tromper : les grosses lunettes, l'épaisse chevelure brune et cette figure glabre et bronzée... C'était bien lui. Je ne sais pourquoi ses traits m'inspiraient un sentiment de répulsion et d'horreur insurmontables. Et il était là, dans mon dos, à quelques centimètres de moi. Je sentis mes mains devenir moites et glacées.

Je crus d'abord qu'il ne m'avait pas vue. Du regard, il parcourait la pièce comme s'il cherchait quelque chose. Je vis alors qu'il était habillé de noir, avec une cravate noire. Et je remarquai encore autre chose : un reflet bleuâtre, métallique dans sa main. Davy chéri, il tenait un revolver.

Je ne regrette pas d'avoir été trop pétrifiée pour pouvoir crier. Sans cela, bien sûr, je ne serais pas maintenant à vous écrire. Le moindre signe de panique, la moindre tentative pour atteindre la sonnette, et c'en était fait de moi.

Ces instants me parurent durer une éternité.

Puis, soudain, quelque chose me glaça jusqu'aux os. Dans le miroir, j'avais distingué un léger mouvement de sa main; et contre mon épaule gauche, je sentis le contact froid de l'acier.

A ce moment, Davy, je crus que tout était fini, et que j'allais connaître à mon tour le sort de Mr Lambert et de Betty. Mille pensées me traversèrent l'esprit, et les plus stupides : seriez-vous obligé de garder votre nouvel appartement? Que pourrait-on bien déduire de ce troisième crime mystérieux? Puis, je me surpris à me demander si cela me ferait souffrir, et ce qui allait se passer après... D'ailleurs, peut-être étais-je déjà morte!

Ma situation était si désespérée, que j'en étais devenue presque indifférente. Je m'entendis dire d'une voix qui semblait venir d'outre-tombe :

– Je vous en prie, Mr Robinson, dépêchez-vous, votre revolver me fait mal à l'épaule.

J'entendis un petit gloussement derrière moi, une sorte de rire diabolique. La pression de l'acier augmenta, me perçant la chair; mais j'étais comme anesthésiée par l'horreur de la situation. J'étais insensible à la douleur, et pourtant, la marque m'est restée sur la peau.

– Pas un mouvement! Surtout, ne tournez pas la tête!

La voix suraiguë, évidemment déguisée, était exactement celle que j'avais entendue pendant la partie de bridge fatale.

Je restai absolument immobile; mes yeux ne quittaient pas la glace.

– Vous n'avez rien à craindre, si vous m'obéissez. Je veux votre journal. Levez-vous et allez le chercher *sans vous retourner*!

Je ne bougeai toujours pas.

– Levez-vous! répéta-t-il d'un ton impérieux.

– Mr Robinson, dis-je à voix basse, mon journal est enfermé dans le coffre du commandant à l'exception de ces deux pages. Si vous voulez m'accompagner, je veux bien aller le chercher; à moins que vous ne préfériez attendre.

La pression du revolver se relâcha un peu.

– Vous jurez qu'il n'est pas ici?

– Je le jure. Et je crains que vous n'ayez perdu votre temps.

J'entendis encore son petit rire menaçant.

– Ah! vous croyez que j'ai perdu mon temps? dit-il entre ses dents. Eh bien, pas tout à fait.

A ces mots, il se produisit un déclic et la cabine fut plongée dans l'obscurité. Il avait éteint la lumière dans mon dos. Seul maintenant, le canon du revolver m'avertissait qu'il était toujours là, derrière moi.

Alors, il se passa quelque chose, Davy, dont la seule pensée me rend malade d'horreur. Un bras se glissa autour de mon cou, attirant ma tête en arrière. Avant que j'aie pu me ressaisir, un souffle tiède arriva dans mes narines et une bouche s'écrasa sur la mienne.

Et je sentis un goût de sang!

Une répulsion insurmontable m'envahit, plus forte que toute appréhension. En un sursaut, je pus me dégager un peu, malgré le bras qui me serrait comme un étau. La bouche m'étouffait, m'empêchait de crier. Mais en me débattant, ma main atteignit le bouton de la sonnette : je le pressai de toutes mes forces.

Je ne sais pas très bien ce qui s'est passé ensuite; je gardai le doigt crispé sur la sonnette. Soudain la porte claqua; et avec le soulagement que vous devinez, je compris que j'étais seule. Au loin, je percevais le tintement de la sonnerie, et il me semblait qu'elle allait ameuter tout le bateau. Sûrement, Trubshaw, ou un autre steward, n'importe qui, allait accourir à mon aide. Mais dans la coursive, je n'entendais venir personne.

Trébuchant dans le noir, j'ouvris la porte.

– Steward! Steward! criai-je.

Le fidèle Trubshaw ne paraissait toujours pas.

Enfin une femme de chambre se précipita.

– Mademoiselle désire quelque chose? demanda-t-elle. Mr Trubshaw n'a pas l'air d'être là; je ne suis pas en service en ce moment, mais...

Elle s'aperçut que j'avais du sang sur la bouche et les cheveux épars.

– Qu'y a-t-il? Vous êtes-vous blessée, mademoiselle?

– Un homme... haletai-je. Avez-vous vu un homme en noir sortir de ma cabine?

– Je viens d'en croiser un dans la coursive, dit-elle. Il est entré dans les cabinets.

– Poursuivez-le, hurlai-je. Vite!

La femme de chambre hésita un moment. Puis elle fit demi-tour et courut vers le passage. Quelques secondes après, elle était revenue.

– Il doit être sorti de l'autre côté, dit-elle en secouant la tête. Les cabinets communiquent avec l'autre coursive.

Pendant ce temps, plusieurs personnes, attirées par le bruit, sortaient des cabines voisines, et commençaient à poser les questions de circonstance. On s'inquiétait de voir ma bouche couverte de sang.

– Ce n'est rien, dis-je, je me suis mordu la lèvre. Voulez-vous m'appeler Trubshaw, je vous prie, Mrs Wilson?

A peine avais-je prononcé ces mots que le steward apparut, pâle et tremblant.

– Miss Llewellyn, dit-il, pouvez-vous venir tout de suite... C'est pour Mrs Lambert. (Il me tira à l'écart.) Elle... elle... Oh! je ne sais pas, mais je crois bien qu'elle est morte!

Sans attendre davantage, je me précipitai en courant vers la cabine de la veuve.

– Trubshaw, criai-je, allez vite chercher le Dr Somers! Envoyez-le ici tout de suite et Mr Daniels aussi! Dépêchez-vous!

Avant d'entrer dans la chambre de Mrs Lambert, je m'arrêtai un instant dans le salon qui la précède. J'y trouvai un petit groom, blotti dans un coin, un plateau à la main. Un monceau de papiers éparpillés sur le bureau, les tiroirs renversés par terre, semblaient indiquer que quelqu'un avait fouillé la pièce à la hâte.

Le cœur battant, j'ouvris la porte de la chambre. Mrs Lambert gisait sur le plancher, étendue de tout son long.

Sans tarder, je m'agenouillai près d'elle, posant ma tête contre sa poitrine. Mais aussitôt, j'eus un mouvement de recul.

Sur son déshabillé blanc, juste au-dessus du cœur, il y avait une tache de sang encore humide!

La porte s'ouvrit alors derrière moi, et le Dr Somers entra, une trousse à la main. Après un rapide coup d'œil, il commanda :

– Prenez-la par les pieds, je vous prie, et mettons-la sur le lit.

A nous deux, nous soulevâmes le corps inerte de Mrs Lambert. Le Dr Somers chercha quelque chose dans sa trousse.

– Est-elle... est-elle morte? demandai-je haletante.

– Morte? Sûrement pas, dit-il sur un ton rassurant. Elle a subi un choc, mais je pense qu'elle va revenir à elle dans une minute.

– Mais ce sang! m'écriai-je. On dirait qu'elle a reçu un coup de revolver ou un coup de couteau!

Au lieu de répondre, le docteur écarta le peignoir et découvrit la poitrine d'une blancheur livide de Mrs Lambert : il n'y avait pas la moindre trace de blessure. J'éprouvai un immense soulagement.

– Le sang a dû tomber de votre bouche, miss Llewellyn, remarqua-t-il. Mais vous avez dû vous mordre la lèvre très fortement! Laissez-moi vous mettre quelque chose.

– Oh! ne vous inquiétez pas de moi, dis-je impatiemment, je peux attendre.

Le Dr Somers cassa une petite ampoule sous le nez de Mrs Lambert. Elle éternua légèrement, puis ouvrit les yeux.

Aussi longtemps que je vivrai, Davy, je n'oublierai jamais l'expression d'horreur de son regard.

– Robinson! murmura-t-elle.

Puis elle retomba sur son oreiller.

Le médecin retourna à sa trousse, versa quelque chose dans un verre et le présenta devant les lèvres de Mrs Lambert. Une légère coloration envahit ses joues.

– Elle va aller très bien, dit-il, son pouls est bon. Et maintenant, je vais vous mettre un peu d'antiseptique.

Pendant qu'il s'occupait de moi, un bruit de voix me parvint du petit salon. C'étaient Daniels et Trubshaw qui discutaient avec animation. J'entendais nettement ce que racontait le steward.

Il passait devant l'appartement de Mrs Lambert, vers 19 heures, quand il rencontra le groom apportant le plateau du dîner (elle prend ses repas dans sa cabine depuis le jour du drame). Il voulait demander à Mrs Lambert si elle n'avait besoin de rien. Mais, ayant frappé, il n'obtint aucune réponse. Il pénétra alors dans le petit salon et remarqua tout de suite les papiers en désordre sur le bureau. Inquiet, il cogna à la porte de la chambre : personne ne répondit. Il secoua la clenche, en vain. N'obtenant toujours pas de réponse à son appel, il courut prendre son passe-partout et trouva Mrs Lambert étendue sur le plancher, dans la position où nous l'avions découverte nous-mêmes. Comme il allait chercher du secours, il entendit mes coups de sonnette désespérés et il me vit devant la porte de ma cabine, tout affolée et hagarde. Le Dr Somers ayant achevé de me mettre du mercurochrome sur les lèvres, je passai dans le petit salon et racontai à Daniels ma mésaventure. Il n'attendit pas la fin pour demander à Trubshaw s'il n'avait pas vu quelqu'un répondant au signalement de Robinson près de l'appartement de Mrs Lambert.

Le pauvre steward devint blême :

– Mais oui, Mr Daniels, dit-il, les yeux agrandis par ce souvenir soudain. En arrivant à la cabine, j'ai vu un monsieur... comme vous dites... qui en sortait; mais je n'y ai pas pris garde, parce que je ne connais pas tous les passagers.

– Où est-il allé?

– Oh! comme je le regrette, Mr Daniels, je n'ai pas fait attention, dit Trubshaw; il a tourné au bout de la coursive...

Daniels s'adressa brusquement au groom :

– L'avez-vous vu aussi? demanda-t-il d'un ton sec.

– N... non, monsieur, répondit le petit tout tremblant de peur. C'est-à-dire que... je l'ai aperçu de dos; mais je n'y ai pas fait attention.

Daniels se retourna vers Trubshaw :

– Montez prévenir le commissaire de ce qui vient d'arriver. Cet homme ne doit pas être loin. Il faut qu'on fasse des recherches tout de suite, pendant que les passagers sont encore dans la salle à manger.

– Et envoyez-moi miss Bush immédiatement, ajouta le Dr Somers, comme le steward se préparait à sortir. Mrs Lambert aura besoin d'une infirmière cette nuit.

Trubshaw partit aussitôt. Daniels s'approcha alors du bureau.

– Je voudrais bien savoir s'il manque quelque chose, grommela-t-il.

– Earnshaw pourra sans doute nous le dire, suggérai-je. Permettez-moi d'aller le chercher.

Daniels inclina la tête d'un air absent, et je me dirigeai vers la cabine de Earnshaw qui était située, je le savais, à mi-chemin entre celle de Mrs Lambert et la mienne. Je frappai à la porte : pas de réponse. J'ouvris sans plus attendre. C'était une cabine intérieure; elle était plongée dans l'obscurité; mais à la lueur qui venait de la coursive, je pus distinguer une forme blanche, allongée sur le lit. Je reconnus Earnshaw à la tache noire de ses moustaches qui tranchaient sur son teint pâle. Il portait une chemise ouverte et un pantalon de toile.

– Mr Earnshaw, appelai-je.

Il ne broncha pas. Je devais être particulièrement énervée, Davy, car il me vint brusquement à l'esprit qu'à lui aussi, il était peut-être arrivé quelque chose. Dans le noir, fébrilement, je cherchai le bouton électrique, en me demandant quelle nouvelle horreur j'allais découvrir. Mais le bruit d'une respiration profonde et régulière sonna à mon oreille comme une musique.

Earnshaw dormait.

Je tournai le bouton. Il s'agita un peu et se frotta les yeux. En m'approchant pour le secouer, je faillis renverser le plateau portant son dîner, qui était resté intact sur une chaise.

– Venez vite, dis-je. C'est Mrs Lambert.

Il bondit aussitôt.

– Bon sang! elle n'est pas...

– Non, ce n'est pas grave. Mais on croit qu'il y a eu un vol : on a besoin de vous.

Pendant que nous parcourions la coursive à pas rapides, je le mis en quelques mots au courant de ce qui s'était passé.

– Le misérable! proféra Earnshaw entre ses dents.

– Et il doit être allé tout droit de sa cabine à la mienne, ajoutai-je au moment où nous atteignions la porte de Mrs Lambert.

Nous fûmes accueillis par Daniels et le Dr Somers. Mrs Lambert n'était guère en état de nous parler. Cependant on nous accordait cinq minutes, avant que le somnifère, administré quelques instants plus tôt, n'ait eu le temps de produire son effet.

Miss Bush, l'infirmière du bord, était au chevet de Mrs Lambert au moment où nous entrâmes. Légèrement soulevée sur ses oreillers, la veuve était toujours d'une pâleur mortelle. Elle s'efforça d'adresser un sourire à Earnshaw.

– Je suis navrée d'avoir été aussi bête, dit-elle d'une voix faible; mais j'ai reçu un tel choc en... en...

– Ne vous fatiguez pas, dit le médecin. Vous raconterez tout cela plus tard.

– Non, non, s'écria Mrs Lambert d'un air farouche. Je veux que vous sachiez tout de suite; si cela pouvait vous aider à rattraper ce démon... (Elle détourna la tête, comme pour ne plus voir la scène pénible qui repassait devant ses yeux. Puis elle continua d'un ton plus calme :) J'étais en train de lire en attendant mon dîner. Je me sens – ou, du moins, je me sentais – un peu mieux aujourd'hui. J'ai entendu du bruit dans le salon; et j'ai pensé tout naturellement que c'était le groom avec mon plateau. Je me suis levée pour lui ouvrir la porte. Debout devant le bureau se tenait un homme dans un costume foncé. Il me tournait le dos et était occupé à fouiller les tiroirs. Il a dû m'entendre, car il s'est retourné brusquement. La lampe était allumée, aussi ai-je vu nettement sa figure. Oh! je l'ai bien reconnu! C'était lui, l'assassin de mon mari! Il était exactement tel que je l'ai vu la dernière fois, le soir où il venait de jeter à l'eau la pauvre petite Betty. Nous sommes restés une seconde à nous fixer, puis il a levé lentement la main droite. Il tenait un revolver qu'il pointait sur moi. Par bonheur, j'étais encore sur le pas de la porte; j'ai eu la présence d'esprit de reculer et de la fermer à double tour. Et puis... et puis... j'ai bien peur de ne plus rien me rappeler après...

Le récit avait dû fatiguer Mrs Lambert, car elle laissa retomber sa tête sur son oreiller. Le Dr Somers nous fit signe qu'il était temps de nous retirer et nous sommes allés dans la pièce à côté.

– Je me demande ce qu'il pouvait bien chercher, dit Daniels d'un ton pensif en contemplant le bureau.

– Laissez-moi voir, dit Earnshaw.

Daniels s'écarta, et Earnshaw se mit à ranger les papiers d'un geste où l'on reconnaissait l'habitude professionnelle.

– Je m'en doutais, déclara-t-il enfin. Le testament de Mr Lambert a disparu. Il était dans ce tiroir.

– Pourquoi donc en avait-on après ce papier? s'écria Daniels.

Earnshaw se tourna vers moi.

– Vous vous rappelez, miss Llewellyn, que je vous l'ai montré hier? Ce n'est qu'un double, bien entendu; l'original est à New York. La perte de ce document n'a donc pas d'importance. Mais le vol n'en confirme que mieux ce que je vous disais. Robinson est certainement une personne pour qui l'héritage de Mr Lambert est d'un intérêt capital.

Et il semble que mon journal aussi soit pour lui d'un intérêt capital.

Maintenant, Davy chéri, il faut que je m'arrête un instant. Trubshaw vient de m'apporter mon dîner : un peu de bouillon, quelques toasts et... une demi-bouteille de champagne de la part de ce cher vieil Adam!

Dans ma cabine
Samedi, 21 novembre, 21 h 30

J'ai bu le champagne jusqu'à la dernière goutte, Davy. Cela m'a requinquée. Après avoir remis un peu d'ordre dans ce que Robinson m'a laissé de beauté, je me dépêchai d'aller tenir mon modeste rôle dans le tournoi de bridge qui devait commencer à 8 heures et demie.

Quand j'arrivai dans le salon, je trouvai les tables prêtes et entourées d'une nuée de vieilles dames, réclamant dans un bruit de volière des explications sur le règlement du tournoi. Tous ces piaillements me firent moins regretter la migraine diplomatique que j'allais être contrainte d'avoir. Et d'ailleurs, la visite de Robinson m'a laissée comme une loque.

J'avais à peine jeté un coup d'œil sur la salle, qu'Adam se précipita vers moi. Je le remerciai de son aimable envoi et le mis au courant de mes aventures de l'après-midi.

– Pauvre petite! s'exclama-t-il quand j'eus fini. Et Daniels m'a dit que la brute vous avait mordu la lèvre!

– Maintenant que j'y réfléchis, je n'en suis pas absolument sûre. Je ne dédaignerais pas la palme du martyre, mais il me paraît plus probable que je me suis moi-même mordu jusqu'au sang en l'apercevant dans la glace. J'étais tellement terrifiée que je me serais bien coupé la langue en deux sans m'en apercevoir.

– Eh bien, dit Adam, cela vous va très bien, ce mercurochrome. Vous devriez lancer une nouvelle mode, en matière de rouge à lèvres!

A ce moment, Daphné entra, suivie de son partenaire, le silencieux Stutton.

– Oh! oh! continua Adam, avez-vous remarqué notre Daphné, ce soir? Voilà de quoi achever rapidement la conquête du petit Daniels. Où la nature a échoué, l'art est victorieux. A propos, Mrs Clapp et elle étaient très en retard au dîner, ce soir. Silvera aussi d'ailleurs.

Amusée, je détaillais la toilette extraordinairement soignée de miss Daphné Demarest. Comme je me retournais vers Adam, celui-ci reprit en appuyant sur les mots :

– Avez-vous entendu? Mrs Clapp et sa compagne étaient très en retard au dîner, ce soir.

Je savais parfaitement ce qu'il voulait dire, mais je fis semblant de ne pas comprendre.

– Ce n'est pas étonnant, ces préparatifs prennent du temps. Vous allez voir Mrs Clapp. Elle sera sûrement resplendissante.

– Si Robinson est arrivé à l'heure pour dîner, il faut qu'il se soit changé bien rapidement, insista Adam.

Je ne pouvais plus me dérober.

– Ecoutez, Adam, dis-je, exaspérée, hier, vous m'avez exposé une théorie à dormir debout, où il était question d'un Robinson qui serait une femme et d'une Daphné qui serait un homme, ou quelque chose d'aussi extravagant. Eh bien, vous pouvez l'abandonner. J'ai deux excellentes raisons pour n'accorder aucun crédit aux élucubrations de votre cerveau un peu surmené. D'abord, la conversation que j'ai surprise le soir du bal costumé se tenait entre Mrs Clapp et Daphné. J'ai su depuis que Mrs Clapp avait alors essayé de dissuader Daphné de ce mariage et de la retenir auprès d'elle; elle a besoin de ses services, vous comprenez.

– Eh bien! Mary, à mon tour de vous faire part d'une découverte que j'ai faite... Ce n'est pas que je sois très fier de ma méthode d'investigation...

Adam baissa les yeux, en rougissant comme une débutante. Je n'avais pas dit un mot pour l'encourager.

– Oui, dit-il tout ému. J'ai demandé hier à Trubshaw de me laisser jeter un coup d'œil dans la cabine de Mrs Clapp, pendant qu'elle était avec Daphné sur le pont. Savez-vous quelle est la première chose que j'aie vue en entrant? Un rasoir posé sur la table de toilette! qu'est-ce que vous dites de ça?

Il me regardait d'un air triomphant.

– Mr Burr, je crois que vous êtes veuf depuis très, très longtemps. Ou encore, vous êtes d'une innocence bien touchante. N'avez-vous pas de sœur pour vous expliquer ces choses-là? En ce cas, il faut que je vous apprenne que les femmes, avec leurs robes sans manches et autres tenues légères, ont besoin de certains instruments, qui ne sont pas spécifiquement masculins, comme vous avez l'air de le croire. Mais je n'ai pas besoin d'insister, n'est-ce pas?

Adam eut une expression étonnée, presque repentante.

– Comme vous êtes toujours sûre de vous, Mary! dit-il d'un ton de reproche.

– Je suis au moins sûre d'une chose, c'est que Robinson est un homme, répondis-je. La façon dont il m'a embrassée, la puissance avec laquelle son bras m'a maîtrisée, ont emporté ma conviction. Brrr... Aucune femme n'aurait pu agir ainsi, ou même tenté de le faire.

Adam sourit et tapota mon épaule meurtrie avec un air protecteur qui m'énerva un peu.

– Eh bien! de mon côté, je trouve que vous n'êtes pas très subtile, Mary Llewellyn. A mon tour de vous éclairer sur la psychologie masculine. Croyez-moi, aucun homme au monde ne se payerait la fantaisie d'embrasser une jeune femme au moment où il s'apprête à tirer sur elle. N'oubliez pas que Robinson est un criminel traqué, pour qui chaque seconde est précieuse. Je suis certain que ce baiser n'était qu'une mise en scène, pour égarer les soupçons...

– Vous n'êtes pas très galant, Mr Burr.

Il ne tint pas compte de mon interruption.

– ... et en tout cas, un geste qu'aucun homme raisonnable ne ferait, quelque désir qu'il en ait. Loin de moi, ma chère, l'idée de douter un seul instant de vos charmes, mais il faut voir les choses comme elles sont. Risquer de se faire pincer et condamner à mort, c'est bien cher payer pour un baiser volé. Une femme habile, au contraire, aurait pu ainsi tenter d'aiguiller les recherches sur une fausse piste.

– Vous en parlez à votre aise, Adam; on voit que ce n'est pas vous qui avez reçu ce baiser.

Il tira une dernière bouffée de son cigare et me regarda d'un œil amusé.

– Mary, dit-il doucement, quelles seraient vos impressions si je vous embrassais maintenant?

– Je serais folle de rage, répondis-je, très amusée.

– Non, non, ce n'est pas ce que je veux dire. Je veux parler de vos impressions physiques.

Je me détournai.

– Allons, allons, ne nous lançons pas dans des analyses subtiles.

– Oh! mon vocabulaire est vraiment trop pauvre, s'exclama Adam d'un air embarrassé. Ma remarque était tout à fait innocente, je vous assure. Je sais bien qu'un baiser de moi vous laisserait froide. Je voulais dire... enfin, vous sentiriez au moins... l'odeur du cigare, du savon à barbe...Et si je ne m'étais pas rasé avant le dîner, vous auriez senti que mon menton vous piquait... Comprenez-vous maintenant?

– Adam, m'écriai-je, je vous fais mes excuses. Oui, je comprends, et je n'y aurais jamais pensé toute seule. Laissez-moi réfléchir un instant... Eh bien! à part ce goût de sang, qui venait probablement de ma morsure, j'ai la vague impression qu'il avait bien pu fumer une cigarette une demi-heure auparavant. Peut-être aussi une faible odeur de crème... en tout cas, sa barbe ne piquait pas. Non, sûrement pas de barbe!... Et maintenant, vous allez peut-être me suggérer d'aller embrasser à la ronde tous les hommes – et les femmes – qui sont sur le bateau?

Adam ne put s'empêcher de rire.

– Ce serait trop vous demander, ma chère; mais pas de barbe et une odeur de crème, voilà qui est acquis. Je vous ferais remarquer au passage que les hommes n'ont guère l'habitude de se servir de crème...

– Ils peuvent le faire s'ils veulent se déguiser, rétorquai-je, ou bien, il s'agissait d'un autre corps gras... Je ne suis pas une spécialiste du cosmétique... Non, vous n'arriveriez pas à me persuader; malgré vos explications peu galantes, j'affirme que c'est bien un homme qui m'a embrassée de force. Je reconnais d'ailleurs que je ne vois pas qui, à bord, peut avoir le désir de m'embrasser...

– Eh bien, répliqua doucement Adam, je n'ai, certes, pas envie de me rendre suspect, mais ce pourrait être mon cas, par exemple...

Mr Wolcott arriva au moment opportun et posa cérémonieusement sa petite barbiche sur ma main.

– C'est un vrai plaisir pour moi, dit-il, de jouer ce soir avec quelqu'un qui aime vraiment le bridge.

Nous sommes restés un instant à bavarder tous les trois dans un coin, tout en regardant s'installer les derniers arrivants. Silvera était avec la grosse dame qui s'était offerte pour le remplacer après la partie mouvementée de la veille. Jennings avait choisi comme partenaire un vieil enragé de whist, sourd comme un pot et affublé d'un cornet acoustique. Mr Hirsch était assis en face de sa femme. Puis Adam nous quitta pour rejoindre une jeune évaporée ayant un peu la tête de Greta Garbo.

Wolcott et moi allions prendre nos places lorsque Mrs Clapp fit son entrée dans un froufrou de satin blanc. Elle était suivie de près par Earnshaw, l'air las, mais plus séduisant que jamais. Un petit groupe entoura aussitôt la célèbre artiste.

Je saisis l'occasion pour échanger quelques mots avec Earnshaw.

– Rien de nouveau? demandai-je à voix basse.

– Non, répondit-il en passant la main sur ses cheveux noirs et lisses. Il ne manquait que ce papier. Et Mrs Lambert dort profondément. Autrement, je n'aurais pas pu venir ce soir. J'ai d'ailleurs failli y renoncer quand même, mais c'était manquer peut-être une occasion d'entendre Mrs Clapp parler de son neveu; et puis, je lui avais promis d'être son partenaire quand elle est venue rendre visite à

Mrs Lambert. J'espère que vous vous sentez mieux, miss Llewellyn. Souffrez-vous toujours de votre épaule?

– Cela est insignifiant, dis-je tout bas. Mais tâchez plutôt de voir si personne n'a de sang aux lèvres. J'espère bien que j'ai mordu cette brute.

Chacun étant installé à sa place, Jennings énonça le règlement du tournoi. Ce fut à moi de commencer à distribuer les cartes; et comme mon jeu était détestable, je décidai qu'il n'y avait pas lieu d'attendre davantage pour avoir mal à la tête.

On appela le commissaire. Daniels apparut comme par enchantement, et la substitution se fit selon le plan arrêté. Je ne regrettais pas de m'en aller.

En rentrant dans ma cabine, je vis l'homme d'équipage qu'on avait mis en faction dans le couloir, entre la cabine de Mrs Lambert et la mienne. Sa carrure de boxeur était des plus rassurantes. Que Robinson se hasarde encore par ici : il trouverait à qui parler.

Et pourtant, chéri, c'est encore en mon solide verrou que je mets le plus de confiance.

Plus tard

Après avoir fini d'écrire, Davy, je me suis couchée pour lire un peu. J'ai commencé le roman policier de votre ami Quentia Patrick que vous m'avez prêté avant mon départ. Il m'a paru bien anodin et presque reposant, après les émotions que je viens de vivre pendant ce voyage. Quels effets ne tirerait-il pas de ce qui est déjà si atroce en réalité?

Son livre m'a cependant tenue éveillée pendant fort longtemps; et j'étais assez captivée par son récit pour ressentir un battement de cœur, en entendant les gens revenir du tournoi de bridge vers minuit. On frappa un petit coup à la porte. Je sautai hors de mon lit.

– Qui est là? criai-je.

La voix de Trubshaw répondit :

– Que mademoiselle ne craigne rien. C'est seulement un monsieur qui désirerait vous parler. Il dit que c'est urgent.

A l'entendre, mon chéri, vous auriez bien cru que j'avais l'habitude de recevoir ainsi des messieurs chaque nuit.

– Mais qui est-ce Trubshaw? Je suis couchée!

– C'est Mr Daniels, mademoiselle. Il demande si vous voudriez lui accorder quelques instants. Il a l'air tout ému et il a une assiette de sandwiches pour vous, mademoiselle.

Je suppose, Davy, qu'il n'y a rien à craindre d'un détective amoureux d'une autre femme. Et comme je mourais de faim, je me hâtai d'enfiler ma robe de chambre, et demandai à Trubshaw d'introduire mon visiteur. J'eus un choc en le voyant entrer. Il paraissait si angoissé, et si embarrassé de me sortir du lit, qu'il ne pouvait trouver ses mots. Pour le mettre à l'aise, je tâchai d'avoir l'air très naturel, et commençai par sauter sur un sandwich.

– Miss Llewellyn, bégaya-t-il enfin, je m'excuse de vous déranger ainsi... d'autant que vous devez être déjà épuisée après votre... votre terrible aventure de cet après-midi. Mais je suis venu faire appel à vous au nom de la compagnie. Vous êtes la seule personne qui puissiez nous aider.

– Qu'est-ce qui a bien pu arriver, Mr Daniels? demandai-je. Tenez, prenez un sandwich, cela vous calmera; vous semblez bouleversé. Est-ce que votre petite manœuvre n'aurait pas marché?

Le détective tira un mouchoir de sa poche et se tamponna le front.

– Si, dit-il lentement, d'un côté on peut dire qu'elle a réussi... Mais de l'autre, elle a encore embrouillé les choses. Oui, il y a quelqu'un qui a reproduit les deux fautes commises par Robinson, en attaquant avec le valet de trèfle au premier tour et le valet de carreau au second. Evidemment, ce n'est pas une preuve formelle : il y avait plus d'un mauvais joueur dans ce tournoi. Mais enfin, c'est là une coïncidence troublante, dont il faudrait tenir compte. Malheureusement, je suis absolument sûr que *la personne en question ne peut pas être Robinson*!

– Oh! m'écriai-je tout émue, qui est-ce donc?

Daniels secoua la tête :

– Pour rien au monde, je ne vous le dirais, miss Llewellyn; c'est inimaginable, simplement inimaginable. Croyez-moi, tout est raté... bien raté. C'est justement ce qui m'amène ici. (Il secoua la tête tristement, puis continua :) Miss Llewellyn, vous croyez peut-être que j'ai perdu mon temps sur le bateau. En réalité, j'ai travaillé comme un nègre. Il n'y a pas eu un seul jour de vacances pour moi. Et je sais bien des choses qui ne sont pas dans votre journal. Par exemple, je pourrais dire, au moins approximativement, où se trouvaient presque tous les passagers au moment où Mr Lambert a été empoisonné. J'ai la liste de tous ceux qui étaient sur le pont quand la pauvre miss Betty a été poussée par-dessus bord. Je pourrais même citer les personnes qui ne sont pas absolument hors de cause dans l'agression dont Mrs Lambert et vous avez été victimes, hier. Cela représente un travail considérable. Hélas! il me semble maintenant bien inutile : la personne qui a commis au bridge les mêmes fautes que Robinson possède justement un alibi parfait dans les trois cas. Je ne vois plus le moyen d'en sortir!

– Mais, Mr Daniels, il y a au moins deux autres hypothèses que vous négligez : Robinson n'est peut-être pas déguisé du tout. Il peut se cacher quelque part dans le bateau. Et ce n'est pas forcément un passager.

Le détective me lança un coup d'œil étrange et dit d'un air mystérieux :

– Ce serait en effet la solution, miss Llewellyn. Seulement voilà : Robinson était là ce soir, dans le salon, pendant que nous jouions au bridge. Et il a laissé un... un message.

En entendant cela, Davy, je me sentis tout à coup mal à l'aise. Pour la première fois, j'eus l'impression que nous nous attaquions à un phénomène humainement inexplicable... à un être surnaturel. Je frissonnai dans mon peignoir.

– Ne vous alarmez pas, dit Daniels en me tendant la réconfortante assiette de sandwiches. Ce mot n'a rien de terrifiant, mais c'est une preuve certaine de la présence de Robinson, ce soir, dans la salle de jeu.

Là-dessus, il tira de sa poche un papier qu'il me tendit. Au premier coup d'œil, je reconnus la copie du testament de Mr Lambert volée au cours de la soirée. Et derrière, de cette écriture contrefaite que je connaissais bien, ces quelques mots :

J'AI VU CE QUE JE VOULAIS. MERCI.

ROBINSON

– Eh bien! m'écriai-je, il devient de plus en plus audacieux. Si on ne l'arrête pas, avant d'atteindre Georgetown, il ne restera plus une âme sur le bateau. Mais dans quelles circonstances avez-vous donc retrouvé le testament?

– C'est à peine croyable, dit Daniels.

Et il se mit en devoir de me raconter exactement ce qui s'était passé. Après m'avoir apporté mon dîner, Trubshaw était monté dans le salon, pour donner un coup de main aux autres stewards qui préparaient les tables de bridge. Il se rappelle parfaitement avoir poussé l'un des grands pots de fougère dans un coin pour faire de la place. Il est resté dans les parages pour accueillir les gens qui arrivaient et les accompagner à leurs places. Et il est prêt à jurer qu'à ce moment, il n'y avait rien de suspect dans le pot de fougère. Quand le jeu a commencé, il est descendu dîner. A 10 heures, il est revenu dans le salon pour s'occuper des rafraîchissements. Un peu plus tard, ayant repris sa faction près du pot de fougère, il remarqua, non sans surprise, la présence d'un papier plié. Il le donna immédiatement à Jennings qui, à son tour, le tendit à Daniels. Or, seuls les passagers ayant pris part au tournoi se trouvaient dans la pièce pendant la soirée. Et tous les joueurs ont eu, à un moment quelconque, l'occasion de s'approcher du pot de fougère. Robinson ne pouvait donc être que l'un des joueurs ou l'un des stewards.

– J'ai montré le document à Earnshaw, poursuivit Daniels, et il a formellement reconnu le testament volé. Il a suggéré d'examiner les empreintes digitales. Mais je ne suis pas expert en la matière. De plus, comme il m'est difficile de prendre les empreintes de toutes les personnes présentes dans le salon ce soir, cela ne nous avancerait guère.

– On peut tout de même tirer quelque chose des événements de la soirée, remarquai-je en finissant le dernier sandwich; l'hypothèse de Mr Earnshaw, concernant le jeune Alfred Lambert, semble plus fondée que jamais. Il n'y a aucune autre personne qui puisse être intéressée par le testament. Trouvez Alfred et vous trouverez Robinson.

– Comment? Mais je ne savais pas un traître mot de tout ceci! s'écria Daniels. Je connaissais, bien sûr, l'existence du jeune Lambert, mais...

– Oh! Et moi qui avais promis de ne rien dire! J'avais oublié que vous ignoriez encore la dernière partie de mon journal, Mr Daniels.

– C'est justement pourquoi je suis venu ce soir, dit-il fébrilement. Miss Llewellyn, il faut absolument que vous me permettiez de jeter un coup d'œil sur vos notes. Si j'y trouvais le moindre indice, j'aurais tout le reste de la nuit pour envoyer des messages radio; je pourrais peut-être obtenir ainsi certaines informations, et découvrir la vérité avant que nous n'atteignions Georgetown. Je vous disais tout à l'heure que je connaissais des choses que vous ignoriez. Eh bien! vous venez de me prouver que, de votre côté, vous avez fait du bon travail. Il faut que vous m'aidiez.

Je vous jure, Davy, que le pauvre homme s'était presque mis à genoux pour me supplier d'accéder à sa requête.

– Oh! je sais ce que vous allez dire, continua-t-il sur le même ton passionné. Votre journal est tout à fait personnel. Vous y parlez, n'est-ce pas, de « ce drôle de petit Londonien »; vous avez donné sans ménagement votre opinion sur tout le monde. Et aussi, vous y avez mis des confidences qui n'ont rien à voir avec cette malheureuse histoire. Oui, je sais tout cela. Mais, miss Llewellyn, ce genre de considérations n'est plus de mise. C'est une question de vie ou de mort. Votre journal ne sortira pas de mes mains. Les passages personnels me seront aussi sacrés que la mémoire de ma mère. Et je le remettrai intact dans le coffre du commandant...

Je faisais de mon mieux pour ne pas rire. Il avait l'air si comique à se balancer d'une jambe sur l'autre, en sautillant comme un petit poussin! On avait envie de lui lancer des miettes de pain.

– Mr Daniels, lui dis-je, d'un ton un peu moqueur, si vous avez parlé à Daphné avec autant de chaleur, je ne suis pas étonnée qu'elle vous ait promis sa main. Oui, certainement, je vous autorise à consulter mes notes. Et je serais trop heureuse si elles pouvaient vous être de quelque secours. Mais je dois ajouter que ce n'est pas très chic de votre part de ne pas me dire le nom du joueur suspect.

Il me serra la main avec effusion :

– Oh! merci, dit-il. Je n'oublierai jamais le service que vous me rendez. J'ai passé de si mauvais moments! Et...

– Et vous en passerez de plus mauvais encore si vous répétez à Daphné ce que Mr Burr a dit d'elle, dans mon journal, ajoutai-je d'un air farouche. Les gens mariés n'ont généralement pas de secrets l'un pour l'autre. Mais sachez que si vous lui en souffliez mot, je viendrais tout exprès en Angleterre pour vous tuer. Tenez, voilà les deux dernières lettres, si vous voulez, et maintenant, je vous souhaite une bonne nuit, à les lire...

Il prit les feuilles et se dirigea vers la porte. Je le rappelai.

– Puisque vous refusez toute confidence intéressante, vous pourriez au moins me dire qui a gagné le tournoi!

– C'est miss Daphné Demarest, répondit-il. On lui a donné comme prix une boîte à biscuits avec une reproduction du *Moderna* sur le couvercle. C'est très joli, et très bien choisi. Bonne nuit, miss Llewellyn.

Que pensez-vous de cette dernière nouvelle, Davy?

Sur le pont
Dimanche, 22 novembre, midi

On dirait qu'il se passe enfin quelque chose, Davy. De quoi s'agit-il, je ne saurais le dire exactement. L'atmosphère du bateau s'est brusquement alourdie. On dirait qu'un orage est sur le point d'éclater. Et tout cela semble sans rapport avec la perspective de notre arrivée à Georgetown, demain. Personne ne devine ce qui se trame, tout le monde pressent un coup de théâtre imminent.

Autant que j'en puisse juger, tout l'intérêt converge maintenant vers Daniels. Je l'ai entrevu une ou deux fois, ce matin, après le petit déjeuner. Il s'affairait au voisinage de la cabine radio. Malheureusement, je ne suis pas arrivée à l'aborder. Depuis notre conversation de cette nuit, je suis naturellement dévorée du désir de savoir, mais son air soucieux ne m'a rien laissé deviner. Je n'ai qu'une certitude : il est sur la piste. Où le mènera-t-elle? C'est ce qui reste à savoir.

Après l'office du matin, un groupe de passagers s'est assemblé sur le pont pour assister aux finales du tournoi de tennis, double mixte. Celui-ci devait opposer l'équipe Daniels-Daphné Demarest à Mr et Mrs Hirsch. Ces derniers commençaient à parler d'une victoire par abandon, quand, au loin, on aperçut Daniels.

– Je vais le chercher! crièrent plusieurs voix.

– Non, tonna Daphné, je m'en charge.

Et sans un mot de plus, elle marcha d'un pas décidé sur son frêle partenaire. Harponné par sa dulcinée, Daniels eut beau se débattre, alléguant qu'il était trop occupé pour le moment, Daphné resta inflexible. Le reste pouvait bien attendre : le sport avant tout!

Bon gré, mal gré, Daniels dut se résigner à prendre sa raquette.

Pendant le premier set (qui revint finalement aux Hirsch par six jeux à quatre), on n'avait cessé d'entendre l'appel du groom chargé du courrier : « Mr Da-a-niels... Mr Da-a-aniels! » Les télégrammes à son adresse se succédaient sans arrêt. Il devait bien y en avoir déjà six et le jeu du détective commençait à s'en ressentir. Aussi Daphné s'empara-t-elle d'autorité du paquet de dépêches et me le tendit avec ordre de ne pas laisser son partenaire en voir une seule avant qu'ils n'aient gagné le match. De la ligne de fond, Daniels me jetait des regards angoissés.

Le second set fut vraiment passionnant. Comprenant qu'ils allaient être vaincus par les Hirsch, s'ils ne modifiaient pas leur jeu, les deux Anglais adoptèrent une tactique absolument nouvelle. Daphné se tenait en permanence au filet, utilisant tout son abattage, et frappait comme une forcenée sur tout ce qui passait à sa portée. Daniels, pendant ce temps, trottait à toute vitesse d'un bout à l'autre de la ligne de fond, à la poursuite des rares balles que sa partenaire était obligée de lui laisser.

– Mr Da-a-aniels! appela de nouveau le groom.

Et deux messages vinrent s'ajouter à ma pile.

– Les félicitations semblent un peu prématurées, remarqua Mr Hirsch facétieux, comme nos amis venaient de gagner le second set et que Daniels s'arrêtait un instant pour compter les enveloppes.

Je vous épargnerai les détails du dernier set, Davy. Il me suffit de vous dire que le ménage Daniels-Demarest va se trouver enrichi d'un nouvel ustensile : coupe, saladier, ou autre accessoire de cuisine. Décidément, son mari ne pourra pas se plaindre qu'elle lui arrive les mains vides, si elle continue à remporter tous les prix à cette cadence.

Pendant la partie, je n'avais pu me défendre d'un peu d'admiration pour Daphné : elle a vraiment un genre de beauté athlétique qui n'est pas niable; et je ne trouve plus aussi inconcevable le sentiment que Daniels manifeste pour elle.

Mais revenons-en à l'affaire Robinson.

Aussitôt le triomphe acquis, Daniels quitta sa bien-aimée pour venir me demander ses messages. Fuyant les félicitations des spectateurs, il se réfugia dans un coin tranquille. Je l'avais accompagné, et le regardais lire, le visage grave, les sourcils froncés. Après les avoir tous parcourus, il se mit à siffloter.

– Eh bien! demandai-je, vais-je avoir enfin le droit de savoir?

Il mit les dépêches dans sa poche avant de me répondre.

– Miss Llewellyn, dit-il d'un ton solennel, je vous dois certainement beaucoup de reconnaissance. La nuit dernière, je me refusais à attacher de l'importance à une hypothèse qui me semblait aussi improbable que fragile. Mais en lisant votre journal, la lumière s'est faite, et maintenant je comprends tout. Votre compte rendu est si clair, et... mais oui, si complet! Aussi, je ne puis croire que vous ne sachiez pas – et depuis longtemps – qui est... euh... quel est le responsable de la mort de Mr Lambert et de sa nièce.

– Mr Daniels, m'écriai-je, ce que vous dites là est une flatterie inutile ou une insulte. Qui est Robinson? Mais je n'en ai aucune idée! Et je ne saurais dire ce qui me surprendrait le plus, d'apprendre par exemple que c'est le commandant Fortescue, vous-même ou... le cuisinier du bateau! Et j'attends vos révélations.

Il regarda autour de lui avec inquiétude.

– Non, non, pas encore, je n'ose pas, dit-il tout bas. Vous êtes terriblement menacée, miss Llewellyn. Mon sang se glace quand je pense au danger que vous avez couru pendant tout le voyage. La seule chose qui vous a sauvée, c'est votre ingénuité... (Il toussota comme pour s'excuser.) Si je vous donnais maintenant le nom de... de cette personne, tout le monde lirait sur votre figure que vous savez, et vous n'atteindriez pas vivante votre cabine. Vous vous rappelez : le commandant a dit un jour qu'il était dangereux pour vous d'en savoir trop. Il avait raison. Je le répète, seule votre ignorance vous a sauvée, car vous possédez dans votre journal la clef du mystère, et un professionnel comme moi ne pouvait manquer de la trouver. Je m'excuse, mais cette lecture m'a terriblement éprouvé moi-même.

Il tapota sa poche pleine de messages.

– Mais qu'attendez-vous pour tout révéler? m'écriai-je. Allez-vous nous tenir dans l'ignorance jusqu'à l'arrivée à Georgetown?

Daniels me regarda avec un sourire désarmant.

– Non, dit-il. Et je vais vous faire une promesse, miss Llewellyn : je m'engage à ce que vous sachiez tout au moins deux heures avant les autres. Etes-vous satisfaite? Mais il faut que vous me promettiez quelque chose en retour.

– Au point où j'en suis, je vous promettrais n'importe quoi, Mr Daniels.

– Parfait. Alors, suivez bien mes instructions. Vous allez rester ici même jusqu'à ce que vous entendiez le gong du déjeuner. Pendant le repas, vous recevrez une invitation à prendre le thé, à

4 heures et demie. Vous accepterez. Dès que vous aurez fini de déjeuner, et sans dire un mot à *personne* – je veux dire en particulier – vous irez tout droit dans votre chambre. Est-ce assez clair?

– C'est surtout assez mystérieux.

– Pas du tout, je prends seulement quelques précautions pour votre sécurité. Plus tard, vous comprendrez pourquoi. Il ne faut à aucun prix que vous demeuriez seule avec quiconque, jusqu'à 4 heures et demie cet après-midi. Après quoi, je l'espère, il n'y aura plus pour vous aucun danger. Alors, c'est promis?

Je fis signe que oui.

– Parfait. Après le déjeuner, regagnez votre cabine et attendez-moi. Surtout, enfermez-vous à clef et n'ouvrez à personne. Je frapperai à votre porte avec mon poing sur le rythme du *God Save the Queen.* Vous connaissez l'air? La, la, la, la... lala. Quoi qu'il arrive, vous ne devez ouvrir à personne d'autre que moi. Il n'y aura pas de surveillance dans le couloir cet après-midi. Le planton sera occupé ailleurs. Comme je vous le disais, je vous rapporterai votre journal, et je vous dirai le nom de... la personne en question. Je veux que vous passiez l'après-midi à relire vos lettres et à critiquer les annotations que je vais mettre, concernant certains passages particulièrement importants. A 4 heures et demie, je viendrai vous chercher. Mais si vous tenez à la vie, n'ouvrez la porte sous aucun prétexte, je dis bien *aucun,* jusqu'à ce que j'arrive. Et rappelez-vous : *God Save the Queen.* C'est tout.

Le ton de Daniels était si profondément sérieux, que je ne pus faire autrement que d'acquiescer. De plus, vous pensez bien que je n'ai nulle envie de voir se répéter la petite pantomime d'hier. Tout cela n'est pas très clair. Mais il n'y a pas de doute, même pour une intelligence aussi limitée que la mienne : Daniels pense que Robinson est l'*un de nous.* Je serai probablement mieux toute seule pour attendre de savoir de qui il s'agit. Et je tremble en pensant que c'est sûrement quelqu'un avec qui, en temps normal, j'aurais bien pu converser une partie de l'après-midi.

Me voici de nouveau en tête à tête avec d'atroces soupçons.

Dans ma cabine
Dimanche, 22 novembre, 14 h 15

Je suis donc, Davy, enfermée à double tour dans ma cabine, guettant le *God Save the Queen* de Daniels.

Sans doute cela vous intéressera-t-il d'apprendre que je suis là seulement depuis dix minutes et que déjà trois personnes ont frappé à ma porte; à moins que la même personne ne soit venue à trois reprises. En petite fille bien sage, je n'ai pas soufflé mot. J'ai fait « le mort » pour laisser croire que je n'étais pas là et je ne sais de qui il s'agissait. Une fois, il m'a semblé reconnaître un pas d'homme qui s'éloignait; l'autre fois, j'ai cru entendre une voix féminine prononcer mon nom à voix basse. Mais je ne suis pas sûre. J'ai tellement peur, qu'il n'y a pas de danger que je me manifeste ou que je mette la tête dehors. La méfiance de Daniels a été si communicative que je me surprends devant le miroir à me demander si je suis bien sûre moi-même, Mary Llewellyn, d'être au-dessus de tout soupçon.

Et, en attendant l'arrivée de Daniels, je vais me distraire en vous racontant ce qui s'est passé pendant le déjeuner. A chaque place, une enveloppe était artistiquement disposée dans les plis de la serviette. J'ouvris la mienne avec des doigts tremblants. Voici ce que je lus :

Le commandant Horace Fortescue prie

MISS MARY LLEWELLYN

de lui faire le plaisir de venir prendre le thé avec lui, le dimanche, 22 novembre, à 16 h 30.

C'était bien ce que Daniels avait annoncé. J'allais glisser nonchalamment la carte dans ma poche, lorsque je remarquai une inscription dans un coin. En petits caractères d'imprimerie, on avait ajouté ce post-scriptum extraordinaire :

Pour y rencontrer Mr Robinson.

Percy Daniels.

Je m'empressai de cacher la carte, comme s'il s'agissait de quelque objet indécent. Puis, je jetai autour de moi un regard furtif. Chacun avait ouvert son enveloppe et lisait l'invitation d'un air serein. Malgré tous mes efforts, je ne pus cependant parvenir à distinguer la physionomie d'Adam.

Le déjeuner a été expédié. Chacun mangeait en dévisageant son voisin d'un œil soupçonneux. La conversation languissait. Adam lui-même semblait préoccupé. Je me sentis soulagée lorsque je pus enfin m'échapper dans ma cabine.

Et depuis, j'attends. Jusqu'ici, il ne s'est rien passé en dehors des coups que l'on a frappés à ma porte. Patience, Mary.

Ah! voilà!

Décidément, l'hymne britannique lui-même ne suffit pas à me donner du courage pour ouvrir la porte.

God Save... Daniels!

Dans ma cabine, une heure après

Eh bien, Davy, ça y est : il est venu, et maintenant, il est reparti. Me voilà seule, assise devant mon journal, la tête remplie d'émotions contradictoires.

Ou plus exactement, je me sens étourdie, comme si j'avais reçu un coup sur le crâne. Je ne sais que penser. Ma raison se refuse à admettre l'horrible vérité que Daniels vient de m'apprendre.

Et ici, mon chéri, une parenthèse : demain, si tout va bien, je ferai un paquet de ce journal et je vous l'enverrai. Il y aura encore une lettre après celle-ci. J'espère l'écrire ce soir, et enfin tirer le rideau sur la série de drames auxquels nous avons été mêlés. En fait, je n'ai pas grand-chose à vous raconter que je n'aie déjà noté dans ces pages. Sans m'en rendre compte, je vous ai fourni tous les éléments nécessaires à la compréhension des faits. Si vous êtes aussi intelligent que je le pense, il y a longtemps que vous avez découvert l'identité du meurtrier de Mr Lambert et de Betty. En effet, comme Daniels me l'a fait remarquer, une personne assez perspicace trouverait, en lisant ce journal, la solution du mystère à la page 22 (j'ai numéroté les pages pour votre commodité) : il y a dans cette page un mot, un seul mot, qui m'a échappé, mais qui, néanmoins, donne la clef de l'affaire.

Et maintenant, mon chéri, si vous n'avez pas encore deviné, revenez à ce passage et lisez-le quatre ou cinq fois de suite. Et puis prenez-vous la tête à deux mains, comme l'a fait Daniels.

Naturellement, Davy, j'aurais dû comprendre. Et moi qui me croyais si fine. J'avoue que cette fois je me suis fourvoyée. Je crois, honnêtement, que si j'avais lu cette histoire, j'aurais trouvé l'explication. Mais vivre une telle aventure, c'est bien autre chose que de l'aborder à tête reposée, tranquillement assis dans son fauteuil. Cette fois, la solution était si loin de mon esprit, que j'éclatai de rire lorsque Daniels, il y a une heure, me glissa à l'oreille le nom du coupable. Non, c'était grotesque! Le pauvre garçon avait perdu la tête.

Mais après son départ, je me suis mise à réfléchir avec calme au problème. Et, peu à peu, j'ai compris que son effroyable accusation était fondée.

Je me suis alors jetée sur mon journal pour relire les passages annotés par Daniels. (Je gommerai ses remarques avant de vous l'envoyer, vous êtes assez intelligent pour vous en passer.) Petit à petit, je voyais les preuves s'accumuler. En même temps, je comprenais le rôle important joué par mon journal dans cette affaire, et les motifs impérieux qu'avait Robinson de vouloir à tout prix s'en emparer.

Oui, Davy, ce manuscrit, c'est sa condamnation à mort!

Et vous voyez maintenant quel danger j'ai couru!

Dire que j'avais entrepris ce voyage pour me remettre de mon opération et couler des jours tranquilles! Mieux aurait valu camper chez des anthropophages ou dans le carrefour le plus animé de New York!

Daniels avait bien raison d'affirmer que seule mon ignorance m'a sauvée. Maintenant encore, je tremble à l'idée qu'il me faudra aller, à 4 heures et demie, jusqu'à la cabine du commandant. Heureusement, je sais que j'aurai une escorte.

Car tout danger n'est pas encore écarté pour moi, Davy. A chaque bruit de pas, dans le couloir, je regarde ma porte, et je trouve que ce verrou est une bien frêle protection contre un criminel traqué. Je ne puis jeter un coup d'œil dans ma glace sans y revoir le visage de Robinson, tel qu'il y est apparu hier. Peut-être va-t-il tenter l'impossible pour s'emparer de mon journal et le détruire. C'est l'unique chance qui lui reste, s'il veut sauver sa tête. Et les coups, sur ma porte, tout à l'heure? Etait-ce l'innocente visite d'un ami bien intentionné, ou était-ce lui, *Robinson, qui revenait*?

Et maintenant, Davy, je crois que vous comprenez pourquoi je n'ose pas, non, pourquoi je ne puis me résoudre à écrire le nom de l'assassin avant qu'il n'ait été confondu et mis sous les verrous. Même avec vous, mon chéri, je garderai le secret – pas pour très longtemps, heureusement.

Que pensez-vous, dites-moi, de ces lettres d'amour qui finissent en roman policier? Et en roman où l'assassin attend le dernier moment pour se faire connaître?

Mais assez de digressions; revenons à Daniels et à ses dernières instructions. Il est près de 4 heures et demie et il sera de retour ici d'une minute à l'autre. Je vais emporter mon journal et m'apprêter à vivre l'instant le plus palpitant de ma vie.

Davy, le dénouement est proche; et je pense qu'il sera tout à fait dramatique. Daniels m'a dit que cela commencerait comme un thé ou un cocktail ordinaire; et il m'a bien recommandé de ne rien tenter qui puisse alarmer Robinson, ou lui laisser deviner que quelque chose se trame.

Il n'y a plus qu'à attendre... Mais voilà que des pas résonnent dans le couloir. Peut-être Daniels avec ses deux stewards? Ceux-ci seront mes gardes du corps. Je vais avoir l'air d'un ambassadeur en mission diplomatique!

Place à Mary Llewellyn et son journal!

Dans le salon de lecture
Dimanche, 22 novembre, 21 heures

Enfin, mon chéri, je trouve un moment de tranquillité pour me remémorer les événements de cet après-midi. Le tumulte et les cris se sont tus. Le bateau est étonnamment calme. Et je suis toute seule ici.

Les passagers sont sur le pont, scrutant l'horizon pour apercevoir la terre. Nous devons atteindre Georgetown à 6 heures et demie demain matin.

J'ai toute une longue soirée devant moi, Davy, et je ne vous ferai grâce d'aucun détail. Tâchons d'être bonne journaliste, et à vous de juger si le sujet en valait la peine et si j'ai été à la hauteur.

Donc, il était 4 heures et demie exactement lorsque Daniels vint me chercher. Vous me voyez d'ici, escortée de mes gardes du corps, avançant dignement, mon journal sous le bras. Je le remis au steward au moment d'arriver chez le commandant, et entrai avec Daniels, d'un air aussi dégagé que possible.

Le décor était planté : des tasses à thé, un shaker et de grands verres étaient disposés sur la table. Plusieurs invités se trouvaient déjà là, conversant gaiement. Assise sur le sofa, auprès du commandant, Mrs Lambert semblait toute pâle et triste, en dépit de ses efforts pour garder une contenance. A sa droite, Silvera feignait l'indifférence, tandis que Jennings présentait galamment du thé et un toast à Daphné. Tournant le dos aux rideaux rouges, Earnshaw parlait avec Adam. Dès que celui-ci me vit entrer, il se précipita en m'indiquant une chaise qu'il m'avait réservée. Un bataillon de stewards s'affairait dans la pièce, parmi lesquels nos vieux amis Trubshaw et Bumstead. Ils avaient d'ailleurs l'air bien menaçant pour des gens censés passer des petits fours et des sandwiches. Mais, à part cela, tout paraissait calme et naturel. Rien ne laissait prévoir la tempête qui se préparait autour de ces pacifiques tasses de thé.

Soudain, je remarquai qu'il manquait quelqu'un à l'appel. Mais oui! Mrs Clapp ne se trouvait pas parmi les invités.

A cet instant précis, elle fit une entrée théâtrale, dans un froissement d'étoffes prenant bien soin de s'arrêter une seconde sur le seuil (juste pour laisser à la presse le temps de griffonner quelques notes : « ... et voici Marcia Manners, l'actrice bien connue, en robe de taffetas noir, et parée de son célèbre collier de perles... »). Puis elle se mêla à la réunion, consciente de l'avoir rehaussée de son éclat.

Et tout se déroula d'abord de la façon la plus banale, Davy. Tout le monde mangeait, buvait et papotait tranquillement. La dégustation des petits fours semblait vraiment la grande attraction du moment. C'est alors que le commandant se leva. Le silence se fit instantanément, à peine troublé par les petits chocs de morceaux de glace dans les verres et les pas feutrés des stewards qui enlevaient les assiettes.

– Voudriez-vous avoir la bonté de rester tous assis?

La voix du commandant, malgré son calme, avait résonné comme une sirène d'alarme au milieu des bavardages.

– Mesdames et messieurs, je regrette de vous retenir, mais j'ai une faveur à vous demander. Je n'ai pas besoin de rappeler qu'il y a eu à bord, pendant la traversée, deux terribles tragédies. Directement ou indirectement, chacun de vous y est intéressé. C'est pourquoi je vous ai invités à venir aujourd'hui. Il est de mon devoir de vous donner quelques détails supplémentaires sur la triste fin de Mr Lambert et de sa nièce. Mrs Lambert m'excusera, j'en suis sûr, d'aborder en ce moment un si pénible sujet. Elle est, comme nous tous, anxieuse de connaître le dernier mot de ce mystère. Eh bien! nous savons certaines choses que vous devez tous apprendre. Mon ami et... collaborateur, Mr Daniels, va se charger de vous les exposer. J'ai le regret de vous dire qu'elles démontrent la culpabilité d'une personne qui se trouve ici présente. Cette personne sera admise à présenter sa défense, les autres seront juges.

Il y eut un long moment de silence, durant lequel la chute d'une épingle à cheveux aurait résonné comme un coup de cymbales.

Mrs Clapp se pencha vers moi et me dit à l'oreille :

– Oh! moi qui avais toujours rêvé de faire partie d'un jury.

Daniels s'était levé et tous les regards se braquèrent sur lui. Il semblait plutôt nerveux et tenait à la main une liasse de papiers. Je remarquai qu'on avait placé mon journal sur une petite table à côté de lui. Trubshaw et les autres stewards se tenaient à l'écart, attentifs au moindre geste. Enfin, Daniels se mit à parler d'une voix un peu saccadée, se lançant dans un discours manifestement préparé d'avance...

– Le commandant m'a prié de vous exposer un certain nombre de choses. Comme quelques-uns d'entre vous le savent déjà, je suis employé par cette compagnie en qualité de détective. J'étais parti pour Rio dans un tout autre but, cependant, par la force des choses, j'ai dû consacrer mon temps à essayer de résoudre le mystère qui plane sur la mort de Mr Lambert et la disparition tragique de sa nièce. Je vais m'en tenir pour le moment au cas de Mr Lambert. Il a été, comme vous le savez, empoisonné pendant une partie de bridge le soir même de notre départ de New York. La personne la plus directement impliquée dans cette mort est un homme qui se faisait appeler Robinson. Le soir du crime, il a joué au bridge avec Mr Burr, Mr Lambert et moi-même. Puis il est sorti du fumoir, et s'est volatilisé. Bien entendu, le bateau a été fouillé de fond en comble, mais on n'a pu trouver aucune trace de ce mystérieux bridgeur. A la fin, il fallut se résigner à admettre que Mr Robinson n'existait pas. C'était une autre personne déguisée.

» Seulement, voilà, en se déguisant, le soi-disant Robinson a agi très intelligemment à deux points de vue : d'abord, il a choisi de le faire dès le premier soir, alors que les passagers ne se connaissaient pas encore. Et en second lieu, il a adopté un déguisement qui le rendait complètement méconnaissable. Je l'ai eu en face de moi comme partenaire au bridge pendant la plus grande partie de la soirée. Eh bien! tout détective que je suis, je n'ai pu me rappeler le moindre détail caractéristique; à peine avais-je quelque souvenir de sa corpulence. Et personne n'a été capable de m'aider. Robinson était certes un excellent acteur et savait comment s'y prendre pour ne pas se faire remarquer. Il y a pourtant une chose qu'il n'a pas su cacher : c'est la manière dont il joue au bridge. Or, il joue affreusement mal. Beaucoup plus mal que moi, et ce n'est pas peu dire!

Ici, Daniels s'arrêta et sourit à son auditoire comme pour s'excuser. Puis il saisit mon journal et reprit, improvisant maintenant son exposé :

– Ce détail, si secondaire puisse-t-il vous paraître, servit cependant à nous mettre sur les traces du coupable. Il se trouve, en effet, que miss Llewellyn, qui prépare parfois des problèmes de bridge pour son journal, a noté deux des coups, en prenant soin de relever les fautes très caractéristiques que Robinson avait commises. Je suis parti du principe que, mis en présence des mêmes cartes, celui-ci recommencerait peut-être les mêmes erreurs.

» J'ai eu la chance de pouvoir truquer les jeux dans ce sens, hier soir, pendant le tournoi de bridge. Comment je m'y suis pris, cela importe peu, mais presque tous ceux d'entre vous qui ont participé au tournoi ont joué, sans s'en douter, les coups de la partie fatale. Or, une seule personne a commis les mêmes fautes que Robinson. Et cette personne est en ce moment ici, dans cette pièce.

Tout le monde regarda Daniels avec une anxiété extraordinaire. Ce fut Mrs Clapp qui rompit le silence.

– Mais voyons, Mr Daniels. Vous n'allez tout de même pas considérer cela comme une preuve irréfutable, qui vous permette de porter une accusation pareille! Pour ma part, j'ai toujours joué affreusement mal au bridge. Je commets les fautes les plus invraisemblables. Et je tiens à protester.

Daniels sourit.

– Vous avez tout à fait raison, Mrs Clapp. Et vous pensez bien que je n'accorde pas à ces erreurs d'autre valeur que celle d'une simple indication. Mais il est inutile d'épiloguer sur ce sujet, car il va être très facile à chacun de se disculper. Si tel ou tel d'entre vous n'était pas dans le fumoir, ce premier soir, il doit pouvoir dire où il se trouvait. S'il a un alibi pour vendredi dernier, mettons entre 9 et 10 heures, eh bien, évidemment...

Un bourdonnement de conversations s'était élevé.

La voix de Daniels résonna comme une flûte au-dessus du tumulte.

– Voyons, c'était le premier soir en mer : vous avez sans doute tous en mémoire votre emploi du temps.

– Si vous voulez savoir la vérité, coupa Mrs Clapp, comme s'il était de son rôle de donner la réplique, je vous dirai que je suis restée dans ma cabine avec un violent mal de mer. C'est ce qui m'arrive toujours le premier soir d'une traversée.

– Et j'étais avec elle, ajouta Daphné. Quand j'ai vu qu'elle dormait profondément, je suis montée rejoindre les joueurs de bridge, comme vous le savez.

Pendant un instant, aucune autre personne n'ouvrit la bouche. Daniels lança un regard circulaire comme pour encourager son auditoire.

– Je connais votre emploi du temps, Mr Burr, et le vôtre aussi, Mr Wolcott, ainsi que celui de miss Llewellyn, et de Mrs Lambert. Nous étions tous ensemble dans le fumoir. Mais vous, Silvera?

– Cabine!... Malade!... Demandez au steward jeta le Brésilien d'un air maussade.

Puis il détourna la tête, comme s'il avait décidé de se désintéresser de la suite.

– J'étais sur le pont avec miss Lambert, dit Earnshaw. Mrs Lambert est venue nous chercher vers 10 heures.

La veuve inclina la tête en signe d'assentiment.

– Et moi, je parcourais le bateau, dit Jennings. Trubshaw a dû me voir plusieurs fois.

– Et vous, Trubshaw?

– Je prenais soin de mes passagers, monsieur. Et il faut dire que beaucoup d'entre eux en avaient grand besoin. Je me rappelle être allé voir Mr Silvera, et c'était avant 10 heures.

Peut-être trouverez-vous, Davy, que tout cela n'était guère révélateur. Et pourtant Daniels semblait très satisfait.

– Merci, merci, dit-il. Voilà qui est parfait. Et maintenant, si vous le permettez, je voudrais vous parler un instant de la disparition de miss Lambert. Non, bien sûr, je ne vais pas vous demander compte à chacun de vos occupations de dimanche soir. Je sais que vous étiez presque tous dans vos cabines. Il venait d'y avoir un orage, et il était déjà tard. Or, il semble que miss Lambert ait été poussée par-dessus bord vers 23 h 15. Miss Llewellyn, à ce moment, était en conversation avec Mr Earnshaw dans le fumoir. Ce sont eux deux et Mrs Lambert qui ont entendu le cri et qui ont été les premiers sur le lieu du drame. Ces trois personnes sont, de nous tous, les seules qu'on puisse considérer comme ayant un alibi. et maintenant, puisque je suis sûr que c'est l'assassin de Mr Lambert qui a aussi tué sa nièce...

– Oh! Mr Daniels, je vous en prie, soyez bref, murmura Mrs Lambert en portant la main à son front. Je ne peux pas en supporter davantage.

– Excusez-moi, Mrs Lambert, mais nous arrivons au point important. Je crois que la mort de miss Betty est la clef de tout le problème. Qui pouvait avoir intérêt à tuer une innocente jeune fille comme elle? Et pourquoi? Elle n'était pas dans la pièce pendant la première partie de bridge où, pensons-nous, Mr Lambert a été empoisonné. Elle ne pouvait donc rien avoir vu qui ait pu éveiller ses soupçons. Pourtant, Robinson a jugé qu'il fallait la supprimer, et il a commis là un acte révoltant qui...

La voix du commandant interrompit la tirade du détective.

– Je crois qu'il vaudrait mieux nous en tenir aux faits, Mr Daniels.

– Bien commandant. Dans le cas de la pauvre miss Betty, c'était justement le mobile qui me tracassait. Et soudain, voilà que ce mobile m'a été fourni, d'une manière inattendue, par miss Llewellyn. Elle a, vous le savez peut-être, tenu un journal de tout ce qui s'est passé pendant le voyage. Hier soir, elle a été assez aimable pour me laisser le lire. Me renouvelez-vous maintenant cette permission, miss Llewellyn?

Je me contentai de faire un rapide signe de tête pour ne pas attirer les regards de tous les assistants. Mrs Clapp avait braqué son face-à-main dans ma direction, comme si Daniels venait de pointer sur moi un doigt accusateur. Et le regard de Silvera semblait me percer comme une vrille. Daniels continua :

– Je vais donc lire un extrait du journal de miss Llewellyn, car je désire savoir si vous saisissez ce qu'il contient de significatif.

Il se mit alors à citer le passage des pages 21 et 22 qui commence par : *Daniels sortit en grommelant entre ses dents...* (Cette remarque provoqua des rires), jusqu'à... *ce cocktail de Mr Daniel était un véritable poison.* (Nouveaux rires.)

Le détective s'arrêta et regarda autour de lui. Les visages étaient redevenus immobiles et sans expression.

– Eh bien! Daniels, dit Adam Burr avec un sourire narquois, si vous avez essayé de dresser contre vous-même une accusation savante, vous venez de faire quelque chose de très intéressant et de très original; mais...

– Oh! mais il n'y a donc personne pour le voir? s'écria Daniels avec impatience. Ce mot, ce mot qui à lui seul explique toute l'affaire : le mot *retournerai*!

Les visages continuaient à refléter une incompréhension totale. On regardait Daniels d'un air égaré, nuancé parfois d'un peu de pitié. Mrs Clapp poussa l'insolence jusqu'à tapoter son front du doigt, en regardant Daphné d'une manière qui signifiait : « Hein, je vous l'avais bien dit! »

– Bien, bien, reprit Daniels. En ce cas, je vais vous relire ce que la pauvre miss Betty a dit ce soir-là lorsque son oncle lui a proposé de venir jouer au bridge. Elle a répondu – et ce sont ses propres paroles, telles que miss Llewellyn les a notées sur le moment :

« *J'ai vraiment trop sommeil pour jouer au bridge; je vais faire un tour sur le pont avec Jimmie, et je retournerai dans ma cabine.*

» Enfin, mesdames et messieurs, il s'agit de savoir si le mot « retourner » peut s'employer pour dire que l'on va aller dans un endroit d'où l'on ne vient pas. Si miss Lambert a déclaré qu'elle allait *retourner* dans sa cabine, cela signifie à mon sens qu'elle ne venait nullement de passer la soirée sur le pont avec Mr Earnshaw. Et l'alibi de celui-ci se trouve, de ce fait, complètement détruit.

Tous les yeux étaient maintenant rivés sur Earnshaw, qui était assis, immobile, les jambes croisées.

– Daniels, dit-il, tandis que ses joues s'empourpraient, je ne sais pas si vous m'accusez ou non, mais votre histoire est simplement absurde. Miss Llewellyn peut avoir commis une légère erreur, comme n'importe qui. Betty Lambert était avec moi sur le pont, et elle ne voulait pas qu'on le sache. Nous étions fiancés, mais cela n'avait rien d'officiel. Et si vous vous obstinez à supposer que je suis – ou que j'ai été – Robinson, permettez-moi de vous faire remarquer que j'ai tout perdu avec la mort de Mr Lambert : ma situation, l'argent qu'il m'avait promis...

– Naturellement, Earnshaw, dit Daniels sur un ton d'excuse. Il faut que vous me pardonniez, mais je voulais vous montrer, à vous et à tout le monde ici, comme il est facile de détruire un alibi. Le journal de miss Llewellyn...

– Eh bien! pour nous en tenir aux propos de miss Llewellyn, celle-ci sera bien obligée de reconnaître que, dans le cas du meurtre de Betty, mon alibi est inattaquable dit Earnshaw indigné. Nous parlions ensemble depuis une heure quand cette brute l'a jetée à l'eau.

Daniels se tourna vers son interlocuteur, le fixant d'un œil calme et froid.

– Mr Earnshaw, dit-il lentement, j'ai déjà essayé de vous montrer que dans cette affaire nous ne pouvons attacher d'importance ni aux horaires, ni aux alibis. Et si cette affirmation est vraie pour la mort de Mr Lambert, elle l'est doublement dans le cas de sa nièce. En fait, personne n'a d'alibi pour le moment où miss Betty a été tuée, pour cette simple raison que personne – sauf son meurtrier, évidemment – ne sait... exactement... *quand*... elle a été... tuée. Je crois pour ma part que cela a dû se passer un peu plus tôt dans la soirée, probablement pendant l'orage.

Mrs Lambert regarda Daniels avec des yeux horrifiés.

– Mais, mais, bégaya-t-elle, je l'ai vu... lui... Robinson! Ils parlaient ensemble... et puis le cri... et le châle...

– Oui, oui, Mrs Lambert. (Le ton du détective était retenu et poli.) J'ai entendu le récit que vous avez fait sur le moment. Mais avez-vous réellement *vu* miss Lambert tomber à l'eau? Non! Quelqu'un a-t-il assisté au crime? Non! Vous dites que vous avez aperçu deux personnes qui parlaient ensemble. Il y a eu un cri. Plusieurs personnes, dont miss Llewellyn, ont vu l'écharpe flotter sur l'eau. Mais cela prouve-t-il nécessairement que la propriétaire de l'écharpe venait juste... euh... d'être jetée par-dessus bord?

Earnshaw avait bondi sur ses pieds.

– Mais alors, s'écria-t-il, voudriez-vous dire qu'il y ait encore une chance pour que Betty soit vivante?

Daniels secoua la tête tristement.

– Non, Mr Earnshaw. Je crois qu'il n'y a aucune chance, absolument aucune. Miss Lambert est morte. Je suis seulement en train de faire remarquer que l'heure exacte de sa mort nous est encore inconnue. Seul Robinson pourrait nous renseigner.

Je crois que c'est à ce moment que le steward entra et dit un mot à l'oreille de Daniels. Je saisis dans ses yeux une lueur de satisfaction. Il répondit à voix basse :

– Parfait, qu'ils attendent dehors. (Puis il continua :) Je disais donc que seul Robinson peut nous fournir des détails. Eh bien, j'espère que dans quelques minutes, je pourrai vous le présenter : cheveux bruns, lunettes, visage bronzé, etc.

Un long silence suivit cette déclaration sensationnelle. Puis, Adam, ne pouvant se retenir plus longtemps, demanda :

– Daniels, on m'a donné à entendre que Mr Lambert avait un fils appelé Alfred qui pourrait tirer avantage du testament de son père. Se peut-il vraiment qu'il soit sur ce bateau? Et que ce soit lui qui ait pris le nom de Robinson?

Mrs Clapp s'était levée, digne et majestueuse. Le regard qu'elle lança aurait cloué sur place une armée en marche.

– Mr Burr, dit-elle de son ton plein d'emphase, je vous prie de ne pas oublier qu'Alfred est mon neveu. C'est un jeune homme d'excellente éducation : il ne fume pas, il ne boit pas, et, je puis l'affirmer, il n'assassine pas!

Adam battit en retraite et Daniels accourut à la rescousse.

– J'allais en arriver là, Mr Burr. Et je suis sûr que Mrs Clapp me pardonnera si j'en termine avec son neveu une fois pour toutes. Alfred Lambert n'est pas à bord du *Moderna.* J'ai reçu ce matin un message radio du chef de la Police de Buenos Aires. Il a questionné lui-même le jeune Lambert hier soir. Celui-ci dirige là-bas un élevage de bestiaux. La thèse de sa participation au meurtre n'était pas invraisemblable, mais maintenant, nous n'avons plus qu'à l'abandonner.

– J'aurais bien voulu voir le contraire, dit la tante Marcia d'un ton acerbe.

– En somme, si je comprends bien, déclara Adam, nous ne voyons plus personne ayant pu avoir, pour ce double meurtre, un motif plausible.

– Oh! nous avons bien un mobile, répliqua Daniels, mais avant d'en arriver là, je veux tenir ma parole et vous présenter notre vieil ami Mr Robinson. (Il fit un signe au steward qui était entré un instant avant.) Allez-y, Collins!

L'homme sortit de la pièce et revint sur-le-champ, une petite valise à la main. Il y eut quelques mots échangés à voix basse. J'en profitai pour jeter furtivement un coup d'œil sur l'assemblée. Le commandant était assis à son bureau, tapotant son crayon contre son bloc. Jennings et Daphné se tenaient debout, côte à côte comme deux statues, dans le coin le plus éloigné de la pièce. Le divan était occupé par Mrs Lambert et Silvera : la première paraissait absorbée; l'autre, ennuyé et indifférent. Earnshaw était assis le dos contre la tenture rouge, se balançant sur sa chaise, à côté de Daniels, à qui, de temps en temps, il glissait un mot à l'oreille. Mrs Clapp trônait, magnifique, dans un grand fauteuil isolé. Tout cela ressemblait à un décor de théâtre.

Daniels tira quelques accessoires de la valise, en nous montrant à notre grand étonnement qu'elle avait un double fond. Il les déposa soigneusement sur la table devant lui.

– Mesdames et messieurs, dit-il en souriant comme s'il s'agissait d'un tour de prestidigitation devant un parterre d'enfants, permettez-moi de vous présenter Mr Robinson. Nous voilà maintenant au complet : une perruque brune, très beau travail de coiffure; une paire de lunettes à monture d'acier; une boîte de fard « naturel ». Et voici... voici deux objets bien cocasses.

Il montrait deux petites choses qui ressemblaient à des appareils dentaires.

– Je ne sais pas comment vous appelez cela en Amérique, dit-il. Pour les Anglais, ce sont des « plumpers ». On les fixe sur les gencives pour gonfler les joues et changer la figure. Je pense que cela sert surtout d'ordinaire aux femmes un peu âgées et aux actrices...

– Mais oui! s'écria Daphné. Je me rappelle avoir lu une histoire où la vieille duchesse laissait tomber ses « plumpers » dans la soupière...

– Daphné Demarest, lui lança Mrs Clapp, ne soyez pas vulgaire. Les duchesses ne servent pas la soupe dans des soupières. Vous devriez le savoir, vous qui êtes petite-fille de comte.

– Mais, Marcia...

– Je crois, interrompit le commandant, que vous feriez bien d'expliquer où ces objets ont été trouvés, Mr Daniels. Et aussi, pourquoi il y a une fausse moustache, que j'aperçois parmi ces objets. Robinson n'en portait pas...

Le commandant se pencha et prit entre deux doigts un petit objet foncé.

– Peut-être Mr Earnshaw pourra-t-il vous l'expliquer, dit Daniels d'une voix douce. Nous avons pris la liberté de fouiller sa cabine pendant qu'il était ici...

Alors, Davy, les choses se sont passées si vite qu'il m'a été impossible de les retenir en détail. Il y eut un brusque remous dans un coin, puis un cri de douleur : deux hommes avaient surgi de derrière le rideau rouge et maintenaient Earnshaw. Mais ce n'était plus le même Earnshaw. La petite moustache à la Charlot avait disparu. Et l'un des deux hommes la tendait maintenant à Daniels.

– D'ordinaire, dit le détective, le traître met une moustache pour accomplir sa sinistre besogne. Celui-là l'enlève : original et ingénieux! Tous mes compliments!

Earnshaw tâtait d'une main tremblante sa lèvre dénudée.

– Et celle-ci, ajouta Daniels en prenant l'autre moustache dans la main du commandant, est ce qu'on pourrait appeler une pièce de rechange. Très fort, Mr Earnshaw. Voilà donc pourquoi vous vous montriez si peu en plein jour, et préfériez rester le plus souvent possible dans votre cabine!

– Vous êtes fou! cria Earnshaw en se débattant, cherchant à desserrer la solide étreinte des deux hommes qui le maîtrisaient. Vous n'avez pas besoin de faire tant d'histoires. Je n'ai pas d'arme sur moi.

– Je suis de l'avis de Mr Earnshaw, moi aussi, cria Mrs Clapp en lançant au secrétaire, plus séduisant que jamais sans ses moustaches, un coup d'œil de sympathie. Vous êtes fou, Mr Daniels : et je me crois qualifiée pour réclamer quelques explications. J'ai de l'expérience en matière de maquillage. Maquillages de scène, naturellement. Et je puis déclarer qu'il aurait été absolument impossible à Mr Earnshaw de se maquiller au point de ne pas être reconnu par son propre patron, assis près de lui à une table de bridge...

– Très juste, reprit Daniels. C'est un point que j'ai éclairci grâce au journal de miss Llewellyn. Mr Lambert qui était très myope n'avait pas ses lunettes ce soir-là. Et je ne doute pas que Mr Earnshaw aurait pu lui dire où elles étaient.

– Mais la mort de Betty! s'exclama la grande actrice. Allez-vous essayer de nous persuader qu'un jeune homme puisse être assez sauvage pour jeter sa propre fiancée par-dessus bord?

Daniels ne répondit pas tout de suite. Il chercha une fois de plus dans son paquet de dépêches. Une expression de tristesse passa sur son visage. Il lança un regard plein de tendresse à Daphné qui était venue près de lui et surveillait Earnshaw d'un air farouche.

– Votre objection est très naturelle, Mrs Clapp, dit-il, mais qu'est-ce qui nous prouve que miss Lambert était vraiment la fiancée de Earnshaw? Rappelez-vous que pour faire part de cette bien touchante nouvelle, il a attendu que la jeune fille soit morte. Nous n'avons donc aucune preuve de ce qu'il avance. Bien plus, l'enquête que j'ai menée à ce sujet tend à démontrer le contraire. Voici un message du père de la jeune fille. Il parle d'un attachement antérieur qui...

– C'est un mensonge! s'écria Earnshaw, en faisant un effort désespéré pour se mettre sur ses pieds.

– Bon, bon, continua Daniels imperturbable. Je vais maintenant vous prouver que Mr Earnshaw, de son côté, s'intéressait à une autre personne. C'est justement ce qui l'a poussé à tuer l'homme qui lui avait donné son amitié. Betty avait probablement tout découvert le soir de sa mort. Il devenait donc doublement nécessaire pour Earnshaw qu'elle disparaisse avant que sa commission ne soit parvenue à miss Llewellyn. Ai-je besoin de préciser quelle était cette autre personne?

– Mais je pense bien, s'écria Mrs Clapp. Cet homme parle par énigmes. Je suis peut-être spécialement bouchée, mais jusqu'ici je trouve que rien n'est expliqué...

– Tout ceci est scandaleux, dit Mrs Lambert soudain bouleversée, scandaleux...

– Nous avons assisté à une comédie parfaitement jouée et parfaitement réglée, reprit Daniels. Mr Earnshaw n'agissait pas seul, comme vous avez pu le deviner. Il fallait que quelqu'un soit là pour le faire venir à la table de bridge de Mr Lambert, et pour l'aider à se forger un alibi au moment supposé du meurtre de Betty. Eh bien, voici son alibi.

Il prit sur la table un objet rond et plat et le plaça dans sa bouche. Un hurlement se répercuta dans la pièce; plus effrayant, plus étrange encore que le cri entendu le soir de la disparition de Betty. Daniels sortit l'objet de sa bouche et le tint en l'air pour le montrer à l'assistance.

– Ceci, dit-il, est un instrument utilisé au théâtre pour imiter les cris, en coulisse. Dimanche dernier, il a servi à faire croire à tout le monde que miss Lambert hurlait de terreur. Une écharpe jetée au-dessus de la mer a complété l'illusion. Le crime avait été commis plus tôt dans la soirée, probablement pendant l'orage. Mais Mr Earnshaw et son partenaire ont été assez habiles pour nous abuser. Plus tard, ils ont encore essayé de détourner les soupçons en simulant une agression, et en clamant partout que le testament de Mr Lambert avait été volé. Et bien sûr, ils se sont arrangés pour qu'il réapparaisse mystérieusement, dans un pot de fougère. Tout cela avait été combiné dans les moindres détails et exécuté à la perfection. Voilà une scène à deux qui a été merveilleusement jouée et qui nécessitait certes des acteurs professionnels. Puis-je vous offrir mes félicitations, Mrs Lambert?

La veuve regardait fixement son accusateur. Elle semblait frappée de catalepsie. Puis, lentement, je vis sa main glisser vers le sac de velours noir qui était à côté d'elle sur le divan.

Mais le commandant avait aperçu le geste.

– Trubshaw, son sac à main!

L'avertissement avait claqué comme un coup de fouet.

Le steward eut juste le temps de se précipiter. Un petit revolver brillait déjà dans le sac ouvert.

Il y eut un moment de silence oppressé tandis que Trubshaw déposait l'arme sur la table avec les autres objets. Ce fut encore Mrs Clapp qui rompit le silence. Pour la première fois, sa voix n'était ni étudiée ni soigneusement modulée.

– Mabel Lambert, s'exclama-t-elle, j'ai toujours cru que vous étiez une lamentable actrice. Je vous présente mes excuses. Vous êtes vraiment une femme de génie! Vous...

Mais elle dut s'interrompre car Mrs Lambert

s'était évanouie. Et cette fois, je veux bien croire qu'elle ne simulait pas.

Je n'ai pas besoin de vous en dire davantage, Davy. *Comœdia finita est.* J'ai vu toutes les dépêches de Daniels, mais je veux vous épargner les détails scabreux recueillis par la police de New York auprès des femmes de chambre bavardes et de tous les domestiques de la maison Lambert. Le redoutable Jimmie et Mrs Lambert avaient vécu sous le même toit, vous vous rappelez, quelque temps avant le départ. Ils avaient parfaitement préparé leur coup. Et la pauvre Betty n'était pour eux qu'un paravent. Ils espéraient débarquer à Georgetown, revenir aux Etats-Unis et, après une période de deuil convenable, ils se seraient installés pour jouir de la fortune du pauvre Mr Lambert.

Il y a des choses que nous ne saurons malheureusement jamais. Les détails de la mort de Betty resteront entourés de mystère. Qu'a-t-elle bien pu voir dans la nuit de samedi dernier? Est-elle entrée dans la chambre de sa tante à un moment inopportun? A-t-elle surpris une conversation qui lui en apprenait trop long? Il n'est guère utile de laisser maintenant libre cours à notre imagination. Les coupables sont sous les verrous en attendant le châtiment qu'ils méritent.

Mais tout de même, comme l'a fait remarquer Daniels, quel parfait travail d'équipe. Et cette visite presque simultanée de Robinson chez moi et chez Mrs Lambert est un chef-d'œuvre. Earnshaw a dû se déguiser dans la chambre de Mrs Lambert. Tout était magnifiquement calculé pour que Trubshaw se trouve absent si, par hasard, j'arrivais à mettre le doigt sur la sonnette. Ainsi, Earnshaw avait tout son temps pour revenir dans sa cabine et abandonner son déguisement.

Et quand je pense à ce misérable, les yeux fixés sur la mer, simulant le plus profond désespoir à cause de la « fiancée » qu'il venait de tuer; quand je pense à Mrs Lambert, étendue dans sa chambre et disant : « Robinson! » d'une voix haletante, alors, je comprends Marcia Manners! Le théâtre vient de perdre deux acteurs de génie!

J'entends une grande rumeur à l'extérieur, chéri.

Les passagers parlent tous à la fois et poussent des exclamations de joie; on a dû apercevoir un phare.

Et voici Adam qui m'appelle. Le petit Daniels vient de passer avec Mrs Clapp à un bras, et à l'autre Daphné. On dirait une tranche de poulet dans un sandwich.

Je viens de voir, moi aussi, la lumière d'un phare à travers le hublot.

Enfin, Davy, voici la terre...

APPENDICE

PREMIÈRE DONNE

Burr
Pique : K × × × (1)
Cœur : 10 × ×
Carreau : × × ×
Trèfle : A K ×

Robinson	Daniels
Pique : Q	Pique : × × ×
Cœur : K Q	Cœur : J × × × × ×
Carreau : A Q J 10 × ×	Carreau : K ×
Trèfle : J × × ×	Trèfle : Q ×

Lambert
Pique : A J 10 × ×
Cœur : A ×
Carreau : × ×
Trèfle : 10 9 × ×

Lambert et Burr, 80 à la manche. Donne : Lambert.

DEMANDE

Lambert (demandant la sortie) 1 pique; Robinson, 2 carreaux; Burr, 2 piques; Daniels, passe; Lambert, passe; Robinson, 3 carreaux; Burr, 3 piques; Daniels,

(1) Nous croyons utile de rappeler que sur les cartes anglaises, K veut dire roi; Q, dame; J, valet; A, as. – Ici, les × représentent les petites cartes.

passe; Lambert, passe; Robinson, 4 carreaux; Burr, passe; Daniels, passe; Lambert (d'un optimisme exagéré), 4 piques; Robinson, contre; bon; bon.

DEUXIÈME DONNE

Burr
Pique : × × ×
Cœur : × × ×
Carreau : J ×
Trèfle : A Q J × ×

Robinson
Pique : J 10 ×
Cœur : Q J 10
Carreau : K 10 × ×
Trèfle : × × ×

Daniels
Pique : Q × × × ×
Cœur : × ×
Carreau : Q × ×
Trèfle : × × ×

Lambert
Pique : A K
Cœur : A K × × ×
Carreau : A × × ×
Trèfle : K 10

Rien à la manche. Les deux côtés vulnérables.

DEMANDE

Lambert, 2 cœurs; Robinson, passe; Burr, 3 trèfles; Daniels, passe; Lambert (toujours optimiste), petit chelem à sans atout; Robinson, contre; bon; bon.

Les Maîtres du Roman Policier

Première des collections policières en France, Le Masque se devait de rééditer les écrivains qu'il a lancés et qui ont fait sa gloire.

ARMSTRONG Charlotte
1740 L'étrange cas des trois sœurs infirmes
1767 L'insoupçonnable Grandison

BEEDING Francis
238 Le numéro gagnant

BERKELEY Anthony
1793 Le club des détectives

BIGGERS Earl Derr
1730 Le perroquet chinois

BOILEAU Pierre
252 Le repos de Bacchus *(Prix du Roman d'Aventures 1938)*
1774 Six crimes sans assassin

BOILEAU-NARCEJAC
1748 L'ombre et la proie

BRUCE Leo
261 Trois détectives *(déc. 85)*
1788 Sang-froid

CARR John Dickson
1735 Suicide à l'écossaise
1785 Le sphinx endormi
1794 Le juge Ireton est accusé
1799 On n'en croit pas ses yeux *(sept. 85)*
1802 Le marié perd la tête *(oct. 85)*

DARTOIS Yves
232 L'horoscope du mort

DIDELOT Francis
1784 Le coq en pâte

DISNEY Doris Miles
1811 Imposture *(déc. 85)*

DOYLE Sir Arthur Conan
124 Une étude en rouge
1738 Le chien des Baskerville

ENDRÈBE Maurice Bernard
1758 La pire des choses

FAIR A.A.
1745 Bousculez pas le magot
1751 Quitte ou double
1770 Des yeux de chouette

GARDNER Erle Stanley
1797 La femme au masque

HEYER Georgette
297 Pourquoi tuer un maître d'hôtel ?
484 Noël tragique à Lexham Manor

HUXLEY Elspeth
1764 Safari sans retour

JEFFERS H. Paul
1807 Irrégulier, mon cher Morgan *(nov. 85)*

KASTNER Erich
277 La miniature volée

KING Rufus
375 La femme qui a tué

LEBLANC Maurice
1808 Arsène Lupin, gentleman cambrioleur *(nov. 85)*

LEBRUN Michel
1759 Plus mort que vif

LOVESEY Peter
1201 Le vingt-sixième round
1798 La course ou la vie *(sept. 85)*
1803 Le bourreau prend la pose *(oct. 85)*

MAGNAN Pierre
1778 Le sang des Atrides
1804 Le tombeau d'Helios *(oct. 85)*

MILLER Wade
1766 La foire aux crimes

NARCEJAC Thomas
355 La mort est du voyage *(Prix du Roman d'Aventures 1948)*
1775 Le goût des larmes

PALMER Stuart
117 Un meurtre dans l'aquarium
1783 Hollywood-sur-meurtre

PRONZINI Bill
1737 L'arnaque est mon métier

QUENTIN Patrick
166 Meurtre à l'université
251 L'assassin est à bord *(sept. 85)*

ROSS Jonathan
1756 Une petite morte bien rangée

RUTLEDGE Nancy
1753 Emily le saura

SAYERS Dorothy L.
174 Lord Peter et l'autre
191 Lord Peter et le Bellona Club
1754 Arrêt du cœur

SÉCHAN O. et MASLOWSKI I.
395 Vous qui n'avez jamais été tués *(Prix du Roman d'Aventures 1951)*

SHERRY Edna
1779 Ils ne m'auront pas

SLESAR Henry
1776 Mort pour rire

STAGGE Jonathan
1736 Chansonnette funèbre
1771 Morphine à discrétion
1789 Du sang sur les étoiles
1809 La mort et les chères petites *(nov. 85)*

STEEMAN Stanislas-André
84 Six hommes morts *(Prix du Roman d'Aventures 1931)*
95 La nuit du 12 au 13
101 Le mannequin assassiné
284 L'assassin habite au 21
305 L'ennemi sans visage
388 Crimes à vendre
1772 Quai des Orfèvres
1812 La morte survit au 13 *(déc. 85)*

TEY Josephine
1743 Elle n'en pense pas un mot

THOMAS Louis C.
1780 Poison d'avril

VERY Pierre
60 Le testament de Basil Crookes *(Prix du Roman d'Aventures 1930)*

LE MASQUE

BABSON Marian
1712 Chapeau, miss Orpington !

BACHELLERIE
1791 L'île aux muettes
(Prix du roman d'Aventures 1985)
1795 Pas de quoi noyer un chat
(Prix du Festival de Cognac 1985)
1796 Il court, il court, le cadavre
1800 La rue des Bons-Apôtres *(oct. 85)*

BARNARD Robert
1714 Ah ! quelle famille

BENNETT Dorothea
1765 Deux et deux font trois

BENZIMRA André
1717 Pour te revoir, Jonathan

BRETT Simon
1787 Le théâtre du crime

BRUCE Leo
1658 Le tueur d'Albert Park

BURLEY W.J.
1762 On vous mène en bateau

CHRISTIE Agatha
(85 titres parus, voir catalogue général)

CLARKE T.E.B.
1724 Meurtre au Palais de Buckingham

DEVINE Dominique
1725 Week-end tragique

ELLIN Stanley
1670 Le compagnon du fou
1682 La puce de Beidenbauer
1702 La douzième statue
1729 La dernière bouteille

EXBRAYAT
(96 titres parus, voir catalogue général)

FERRARS Elisabeth
1704 Les cendres du passé

FERRIERE Jean-Pierre
1732 Un climat mortel

FORESTER C.S.
1706 A deux pas du gibet

GRAYSON Richard
1726 Meurtre sur la butte

GRIMES Martha
1703 Un si paisible village

GUIBERT Michel
1610 Le vieux monsieur aux chiens
(Prix du Roman d'Aventures 1980)
1705 Et si on tuait Bérénice ?
1716 Le pot-au-feu de Mme da Ponte

HUMES Larry H.
1708 Saut périlleux

JOBSON Hamilton
1763 Pas un mot aux journaux !

LOVELL Marc
1693 Enquête au royaume des morts

McCLOY Helen
1697 Permission de tuer

MONAGHAN Hélène de
1379 La mauvaise part
(Prix du Roman d'Aventures 1975)
1683 Demain six heures

POURUNJOUR Caroline
1746 Des voisins très inquiétants
(Prix du Festival de Cognac 1984)

POWERS Elisabeth
1731 Tout ce qui brille

RENDELL Ruth
1589 Étrange créature
1601 Le petit été de la Saint Luke
1616 Reviens-moi
1629 La banque ferme à midi
1640 Un amour importun
1649 Le lac des ténèbres
1661 L'inspecteur Wexford
1718 La fille qui venait de loin
1747 La fièvre dans le sang
1773 Qui ne tuerait le mandarin ?
1806 Son âme au diable *(nov. 85)*

ROUECHÉ Berton
1727 Le crime ne fait pas le bonheur

SALVA Pierre
1570 Des clients pour l'enfer
(Prix du Roman d'Aventures 1979)
1707 Le diable et son train... électrique
1739 Quand le diable ricane

SIMPSON Dorothy
1710 Le secret de Julie

SMITH J.C.
1715 La clinique du Dr Ward

STEIN Aaron Marc
1760 Barbara sur les bras

TANUGI Gilbert
1699 Meurtres en eaux profondes
1709 Le jeune homme assassiné

TAYLOR Elizabeth A.
1810 Funiculaire pour la morgue *(déc. 85)*

TERREL Alexandre
1733 Rendez-vous sur ma tombe
1749 Le témoin est à la noce
(Prix du Roman d'Aventures 1984)
1757 La morte à la fenêtre
1777 L'homme qui ne voulait pas tuer
1792 Le croque-mort de ma vie
1801 Le croque-mort s'en va-t-en bière *(oct. 85)*

THOMSON June
1594 Le crime de Hollowfield
1605 Pas l'un de nous
1720 Claire... et ses ombres
(Prix du Roman d'Aventures 1983)
1721 Finch bat la campagne
1742 Péché mortel
1769 L'inconnue sans visage
1781 L'ombre du traitre

TRIPP Miles
1679 L'attentat du fort Saint-Nicolas
1700 Vol en solo
1790 Tromper n'est pas jouer *(sept. 85)*

WAINWRIGHT John
1689 L'homme de loi
1711 Le prochain sur la liste

WATSON Colin
1701 Tempête sur Flaxborough

WYLLIE John
1722 La tête du client
1752 Pour tout l'or du Mali

IMPRIMÉ EN FRANCE PAR BRODARD ET TAUPIN
58, rue Jean Bleuzen - Vanves - Usine de La Flèche.
ISBN : 2 - 7024 - 1648 - 9

H 52/0251/0